ENTRE CHAMAS & FLORES

EDITORA EME

Solicite nosso catálogo completo, com mais de 350 títulos, onde você encontra as melhores opções do bom livro espírita: literatura infantojuvenil, contos, obras biográficas e de autoajuda, mensagens espirituais, romances, estudos doutrinários, obras básicas de Allan Kardec, e mais os esclarecedores cursos e estudos para aplicação no centro espírita - iniciação, mediunidade, reuniões mediúnicas, oratória, desobsessão, fluidos e passes.

E caso não encontre os nossos livros na livraria de sua preferência, solicite o endereço de nosso distribuidor mais próximo de você.

Edição e distribuição

EDITORA EME

Caixa Postal 1820 - CEP 13360-000 - Capivari-SP

Telefones: (19) 3491-7000 | 3491-5449

Vivo (19) 99983-2575 | Claro (19) 99317-2800 | Tim (19) 98335-4094

vendas@editoraeme.com.br - www.editoraeme.com.br

ENTRE CHAMAS & FLORES

MARLI SIMÕES FABRIS
ESPÍRITO JEAN PIERRE

Capivari-SP
- 2017 -

A Editora EME mantém, ainda, o Centro Espírita "Mensagem de Esperança" e patrocina, junto com a Prefeitura Municipal e outras empresas, a Central de Educação e Atendimento da Criança (Casa da Criança), em Capivari-SP.

2ª edição - dezembro/2017 - de 14.001 a 17.000 exemplares
1ª edição (4 impressões, num total de 14.000 exemplares)

CAPA E PROJETO | André Stenico
REVISÃO | Editora EME

Ficha catalográfica

Pierre, Jean, (Espírito)
Entre chamas e flores / pelo espírito Jean Pierre; [psicografado por] Marli Simões Fabris - 1ª ed. junho 2000 - Capivari, SP: Editora EME.
232 p.

ISBN 978-85-7353-199-2

1. Romance mediúnico. 2. Mediunidade. 3. Resgate de vidas passadas. 4. Cura espiritual. I. TÍTULO.

CDD 133.9

CONTATO COM A AUTORA:
entrechamas@gmail.com

Rua Aurora, 274
Vila Tibério
Ribeirão Preto SP
CEP 14050-100

SUMÁRIO

Sumário

1

ITÁLIA – INFÂNCIA FELIZ

A FELICIDADE PARECIA REINAR sobre aquelas pessoas que constituíam o pequeno e pacífico mundo de Antônio, garoto de dez anos.

Francisco, o pai, era proprietário, herdeiro de terras onde cultivava uvas e fabricava vinho. Suas videiras, bem cuidadas, produziam frutos selecionados, que, processados com delicado método de fermentação e rigorosa higiene, resultavam no vinho de aroma e sabor inigualáveis, que podia ser apreciado nas mesas mais requintadas de muitas cidades da Itália.

Herdara as terras, parte da plantação e a técnica quase artesanal, que já não atendia à procura cada vez maior. Desde jovem, trabalhou e economizou, e, aos poucos, conseguiu comprar quase todas as terras que se estendiam até as montanhas, ao redor das que já possuía, plantando onde não se acreditava colher qualquer coisa.

Investiu em técnicas, mudas resistentes e selecionadas e, dispondo-se ao trabalho intensivo, triplicou sua plantação.

Já estava começando a colher nova safra e, em breve, o maquinário que adquirira de velha indústria desativada deveria entrar em funcionamento, procurando suprir o mercado exigente.

Com todo esse investimento, Francisco fazia crescer o patrimônio herdado dos antepassados e concentrava naquele pedaço de chão, tudo que possuía.

Não tinha débitos, mas também não lhe restara dinheiro algum guardado ou investido em outra coisa que não estivesse naquela fazenda.

Lá moravam muitos trabalhadores com suas famílias formando uma grande colônia. Quase todos o amavam e respeitavam, pois eram tratados também com dignidade e respeito.

Nunca foi preguiçoso. Procurava dar o exemplo não se dispensando do trabalho árduo.

Desde criança ajudava o pai e aprendera o segredo de plantar, cuidar, colher e extrair das uvas o vinho de qualidade apreciada na mesa italiana. Era filho único e não possuíam riquezas outras que não estivessem ali. Homem simples, escolhera para esposa alguém com a mesma característica; Adelaide, de cuja união nasceram Antônio, o primogênito, e mais quatro meninas, sendo Jussara a caçula.

A propriedade abrangia um vale e suas colinas ao redor. Era uma região irregular, entrecortada por afluentes do Pó, rio expressivo na península italiana.

As terras, revestidas do verde das videiras, perdiam-se da visão no horizonte, que subia e descia gracioso contornando as colinas dos Apeninos. Mesmo as elevações mais altas eram quase totalmente aproveitadas, subindo as mudas pelas encostas até onde a inclinação permitia. Embora algumas fossem rochosas, a maioria delas eram revestidas de grossa camada de terra fértil, enriquecidas por restos de lavas vulcânicas, onde o vinhedo se desenvolvia com maior força.

Numa das formações, havia uma cratera. Ali dormia um vulcão de proporções pequenas. Acreditava-se que estivesse extinto, pois não havia notícias sobre erupções que devem ter ocorrido há muitos séculos atrás, sem deixar registros confiáveis. Não havia nele o menor sinal de atividade.

O terreno era todo acidentado, e, olhando-se do lado oposto ao vulcão, passava o rio, que corria mansamente, ora correndo no vale fazendo parte da paisagem, ora desaparecendo atrás dos montes que graciosamente contornava. Mas numa colina em especial havia uma fenda bem larga, por onde o rio passava atravessando-a até sair do outro lado onde a elevação diminuía até chegar ao nível do vale.

O pai de Antônio, crendo poder colher mais, ali onde vivera desde criança, contrariando a opinião da maioria, acreditou naquelas terras, adquirindo-as para fazer parte da fazenda. Com esta expansão, o rio, que passava no limite de sua propriedade, passou a dividi-la ao meio.

Para poder trabalhar do outro lado, ele construiu uma ponte feita de madeira e cabos servindo para encurtar o caminho para os trabalhadores de suas terras. Era um pouco precária, mas segura. Não fosse assim, para ter acesso ao outro lado, teriam que dar a volta por muitos quilômetros encarecendo o custo de sua produção.

No meio desse tapete gigantesco que subia e descia

formando uma paisagem maravilhosa forrada pelas videiras, situava-se o casarão da sede.

Algumas dezenas de metros dali havia um grande lago muito azul rodeado por árvores e vegetação baixa combinadas, que bordavam sua volta dando-lhe a aparência de um rico espelho incrustado no imenso tapete verde voltado para o céu.

Embora antiga, a ampla sede se mantinha bem conservada. Periodicamente reformada, mostrava o bom gosto de seus moradores, exibindo dois andares decorados com simplicidade e muito capricho.

Na parte superior havia vários dormitórios, salas de banho e sacadas graciosas que cercavam as portas substituindo as janelas. O andar térreo abrigava as demais dependências.

A casa toda era rodeada de varandas largas e aconchegantes, decoradas com samambaias verdes e muitos vasos floridos que, deixando cair seus galhos, emprestavam graça e beleza aos olhos dos moradores e visitantes.

Francisco e Adelaide, viviam harmoniosamente, e não perdiam a oportunidade de exemplificar aos filhos os valores morais rígidos com os quais foram criados.

Ela cuidava de todos os detalhes do lar, promovendo ordem e limpeza, e ainda o adornava com sua graça de mulher dedicada e bem-educada. Emprestava-lhe segurança e paz com a compreensão que lhe era costumeira, e quando dispunham de algumas horas de lazer, ela tocava piano, proporcionando-lhes, com tal beleza, o deleite que se estendia aos ouvidos dos que tinham a felicidade de conviver ali.

Dona Cândida, antiga moradora da colônia, ajudava

nos trabalhos caseiros. Desde que as crianças nasceram cuidou delas como babá. Amava-as como se fossem seus próprios filhos e àquela família como se fosse uma extensão da sua. Conhecia os desejos e manias de cada um e mimava-os com seus zelos de mulher simples, bondosa e muito dedicada. Era casada e não tinha filhos. Seu esposo trabalhava no plantio, como empregado da fazenda.

As duas mulheres se entendiam muito bem e em parceria faziam queijos, pães, e outras delícias num forno à lenha que só a cozinha de uma fazenda italiana conhece, satisfazendo as necessidades de todos.

As meninas, irmãs de Antônio, eram mais novas do que ele, formando uma escala cronológica decrescente até a caçula.

Jussara nascera por último e estava com três anos. Falava pouquíssimas palavras, o que preocupava a todos, e tinha apego ao irmão que, por sua vez, também lhe dedicava um carinho especial. Fazia-lhe os gostos, mimando-a exageradamente.

Aproximava-se o final do ano e a alegria habitava naquele lar, onde os corações dos moradores, unidos pelo amor familiar, preparavam-se para a festa natalina.

Os empregados da fazenda eram em grande número e formavam uma comunidade harmoniosa. Havia uma capela na propriedade, onde praticavam atividades religiosas. Nessas ocasiões, usavam o melhor vestuário, oravam e cantavam juntos. Depois promoviam comilanças, usufruindo do vinho que ganhavam para comemorar a data santa.

Era o mês de novembro de 1902. Faltava um mês

para o Natal, mas havia razão para outra festa. Era o aniversário de Antônio. Completaria dez anos e isto merecia uma comemoração especial.

Eram raras as oportunidades de se reunir com os parentes que viviam nas cidades vizinhas, pois embora a distância não fosse tão grande, o caminho que levava à fazenda era tortuoso, a estrada não era plana e buracos enormes se formavam, dificultando a travessia nas conduções precárias da época.

Mas estavam saudosos e especialmente naquele ano, Francisco decidiu fazer uma grande festa. Queria reunir-se à parentela, e passarem alguns dias juntos como se fossem férias merecidas que não tiravam há muitos anos.

Feitos os convites, que foram aceitos com gentilezas, aguardavam a chegada do grande dia.

A casa de Antônio já recebia também a decoração natalina, pois as crianças estavam ansiosas com os preparativos habituais que reuniam a família todas as noites após o jantar, para trabalharem juntos.

Uma grande árvore foi colocada na sala principal. As meninas experimentavam vestidos novos, costurados por Adelaide, e acessórios diversos que as deixariam elegantes, satisfazendo-lhes a vaidade inocente.

2

Brusca Mudança

Enfim chegou o grande dia.

A fazenda transbordava de pessoas entusiasmadas e alegres, e os convidados não poupavam elogios àquele lugar, que mais parecia um oásis de beleza inigualável.

Antônio era simples, como seus pais. Embora tivessem tradições familiares, misturavam-se aos empregados mais antigos, que ali também compareciam como convidados e amigos que eram.

Na verdade, muitas vezes, até preferia a companhia dos serviçais com os quais brincava e trabalhava diariamente, à de seus familiares, talvez por viverem distante e terem pouco contato. Mas tinha enorme prazer em receber a todos para comemorar seu natalício.

A varanda ao redor de toda a casa estava repleta de crianças que corriam de lá para cá com guloseimas nas mãos.

Algumas meninas maiores, adolescentes, agrupavam-se envergonhadas ao lado de toda aquela confusão, lançando olhares furtivos ao menino que trajava seu primeiro terno. Este, envaidecido, fingia não perceber que aqueles risos e insinuações eram dirigidos a ele.

As filhas, desde muito cedo, já eram prometidas em casamento aos seus futuros maridos pelos próprios pais, que faziam disto uma extensão dos negócios, fortalecendo as tradições familiares.

A infância delas era muito curta. Aos dez ou doze anos já deveriam estar começando a se preparar para o casamento, que acontecia normalmente por volta dos doze ou treze anos.

Antônio era um partido cobiçado pelos pais das jovens casadouras, os quais viam no sobrenome que trazia, e no progresso do pai, razão convincente para disputá-lo.

A música tocada para enriquecer o ambiente enchia de ânimo os que gostavam de dançar e, não raro viam-se criancinhas muito pequenas balançarem-se ao som dela.

A noite estava escura e o céu parecia prometer chuva. A lua ficara escondida entre camadas de nuvens espessas, que transformavam tudo fora do clarão das lanternas, em escuridão total. Trovões ao longe pareciam estremecer a terra, mas um cheiro estranho envolvia vez por outra o ambiente gostoso em que festejavam despreocupados.

No meio de toda aquela alegria, ninguém se preocupava com o tempo. As crianças espalhadas por toda a casa, brincavam, enquanto os pais, reunidos em grupos, colocavam os assuntos em dia, animadamente.

Mas o cheiro aumentou e o que antes parecia trovão, embora não se vissem relâmpagos antecedendo-os, provocava preocupação em Francisco, que acostumado ao clima daquele lugar não encontrava explicação lógica para aquelas estranhas manifestações da natureza.

De repente ouviu-se um estrondo maior que chamou a atenção até das crianças. Tal impacto fez com que todos se calassem de uma só vez. Até os músicos pararam de tocar.

Tão forte e tão perto, que não dava para imaginar o que poderia tê-lo provocado. Parecia vir das montanhas próximas. Mas não se enxergava nada.

As pessoas ali reunidas jamais tinham ouvido algo semelhante. Não podiam suspeitar o que, em realidade, se passava. Mas Francisco, morador daquela região desde o nascimento, não desconhecia as histórias dos antepassados sobre o vulcão. Sempre pensou serem lendas como tantas outras contadas pelos avós e outros membros das gerações passadas, que viveram naquelas terras. Diziam que há muitos séculos atrás havia acontecido uma erupção repentina, violenta, varrendo aquelas paisagens com suas lavas e cinzas. Lembrando-se disso naquele momento, não conseguia pensar em outra força capaz de produzir aquele estrondo.

— Seria possível que estivesse entrando novamente em atividade? — pensava. A resposta veio imediata e precisa. O chão tremeu e novo estrondo se fez ouvir ainda mais forte iluminando o céu com faíscas vermelho-incandescente, como se fossem muitos fogos de artifícios disparados ao mesmo tempo. O pânico instalou-se.

Embora mal pudesse controlar o próprio medo, a responsabilidade mandava que acalmasse a todos, pois era o maior conhecedor daquela região e o único capaz de orientar com segurança, embora nunca tivesse se preparado para uma situação como aquela.

Os cavalos e outros animais da fazenda, que se abrigavam num estábulo, situado a pouca distância dali, assustados tentavam fugir, forçando o portão que os detinha e que não eram fortes suficientes para contê-los. O barulho que faziam, somava-se ao já existente, apavorando ainda mais.

Não demorou muito, outro estrondo se fez ouvir. Desta vez, muitos estavam olhando para fora procurando descobrir o que se passava, e não restaram dúvidas. Vinha mesmo daquele monte de onde viram subir a chuva luminosa de fragmentos incandescentes soprados com força violenta em direção ao céu.

Milhares de pequenas fagulhas eram lançadas a velocidade incrível. O cheiro forte invadiu o ambiente, e nuvens de fumaça começavam a se formar rapidamente.

Muitas gerações viveram ali sem que notassem o menor sinal de atividade daquela cratera, que forrada por vegetação cobrindo completamente seu topo, confirmava a inexistência de gases, vapores ou qualquer sinal exterior.

Só acreditavam que ali havia um vulcão por causa da sua forma, e dos elementos encontrados de lava vulcânica naquelas terras, mas era certa a crença na sua extinção. Os antepassados cultivaram aquelas terras há séculos! Investiram tudo o que tinham nelas e colheram ali muitas alegrias.

Mas o que fazer agora? Como proteger tanta gente daquela fúria incontrolável? Justamente naquela noite em que havia tantas pessoas reunidas!

Apagando o sopro das fagulhas expelidas, olhando-se para fora das varandas, nada se podia ver senão algumas tochas nas mãos dos colonos, que assustados também e sem saber o que fazer, corriam rumo ao casarão, buscando pôr ordens e socorro naquela situação de emergência.

Estavam todos atônitos, ninguém sabia o que fazer.

O terceiro estrondo fez-se ouvir, e o clarão iluminou novamente toda a fazenda, então, o pânico instalou-se de forma incontrolável entre os convidados, moradores, empregados, mas principalmente entre os animais, que já tinham rompido as cercas e se desesperavam correndo a esmo. Havia um grande número de cavalos, atrelados em suas respectivas charretes ou carruagens, abrigados no estábulo, que serviram de transporte para os convidados. Isso complicou ainda mais a situação, pois eles, apavorados, puseram-se a correr sem rumo, chocando-se contra elas e provocando destruição mais assustadora.

A casa ficava no vale, a menos de cinco quilômetros de distância da montanha vulcânica.

As explosões que levantaram a chuva de brasas, também espalharam fumaça pelo ar. Rapidamente formou-se um círculo de diâmetro assustador, que só pôde ser visto quando o céu ficou iluminado pelas explosões. Era urgente a retirada daquelas pessoas para o mais longe possível.

Olhares aterrorizados atrás das lanternas! Muitos não conseguiam se mexer, enquanto outros procuravam refúgio apavorados. Vozes descontroladas gritavam. Mães apavoradas procuravam por seus filhos. Ninguém sabia exatamente o que fazer, nem para onde ir.

Outras explosões menores se seguiram. O cheiro, já muito forte, tornava-se insuportável enquanto a lava começava a vazar pela borda da cratera descendo pela montanha. Podia-se ver sua cor vermelho-fosforescente, como brasa líquida, a escorrer lentamente.

A escuridão fazia aumentar o pânico. O barulho dos animais correndo junto aos detritos que começavam a cair somados a gritaria, mal se podia ouvir as instruções de Francisco que tentava indicar o melhor e único caminho para se protegerem. As tochas, que fixadas nas paredes promoviam iluminação eficiente, estavam sendo arrancadas pelos que queriam fugir, deixando a casa quase em escuridão total.

Antônio viu o pai e se aproximou dele para ouvir o que dizia, heroicamente tentando manter a calma e instruir a todos, para que se dirigissem para a montanha oposta ao vulcão. Havia ali uma estrada de terra que os levaria à uma ponte que deveriam alcançar e atravessar para o outro lado do rio em segurança da lava, caso atingisse o vale. Repetia isso várias vezes seguidas, para que todos pudessem ouvir. Perguntou sobre a mãe e as irmãs, e o mesmo afirmou que tinham rumado para onde ele indicara, com exceção de Jussara, e que ele deveria também fazer o mesmo. Mas o menino afirmava que tinha visto crianças brincando no andar superior para onde estava indo procurá-las e em seguida desceria, para que juntos pudessem seguir a salvo. Chegando lá sentiu náuseas por causa do cheiro insuportável e pegou uma toalha de uma das mesas enrolando-a ao redor do pescoço cobrindo o nariz e a boca para aliviar o desconforto.

Procurou debaixo das camas, dentro dos baús, onde a irmã costumava entrar quando ficava com medo e insistentemente chamava por ela, mas não encontrou mais ninguém.

Era quase impossível, naquele tumulto, juntar todas as famílias e partirem em segurança. Muitos, ouvindo as instruções, já rumavam para o local indicado arriscando-se em meio aos animais desenfreados que apavoravam, mas não restava alternativa.

Antônio até então se manteve firme, porque ouvia a voz do pai na parte inferior a orientar o pessoal. Mas de repente, não pôde mais ouvi-lo. Só então percebeu que se deteve muito tempo procurando em todos os lugares onde poderia encontrar a irmãzinha escondida. Apavorou-se e desceu correndo. Pareceu-lhe que a casa já estava vazia. Correu numa das varandas e viu, já ao longe, as luzes das tochas que formavam um cordão desordenado, indo já há alguma distância dali.

– Onde estaria seu pai? – pensou. – Será que também tinha ido pensando talvez que ele não ouvira quando disse que iria procurar Jussara?

Tinha que alcançá-los. Estava sozinho ali. Certamente estaria junto aos demais, imaginando que ele estivesse na frente com a mãe, como fora instruído a fazer.

Ouvia um som que se aproximava, como se um incêndio violento queimasse densa floresta e apavorado apressou-se.

Os materiais lançados a grande altura pelas explosões, caíam, agora como chuva. Pareciam fragmentos de pedras que caíam em toda parte. Correu o mais que pôde sem olhar para trás.

Norteou-se pelas luzes que via ao longe. Sua força juvenil e conhecimento da região, ajudaram-no a alcançar os outros, que já estavam muito à sua frente.

Passava por eles, que seguiam apavorados, olhando cada rosto que podia ver sob a luz das tochas que carregavam, na tentativa desesperada de encontrar a família, mas não conseguiu. Muitos ficavam caídos pelo caminho, feridos ou sem forças para continuar. Tinha o impulso de ajudá-los, mas estava assustado demais para parar. Outros seguiam no escuro, guiando-se apenas pelas vozes dos demais, tornando-se impossível reconhecê-los.

Embora o medo e a insegurança quisessem dominá-lo, tentava manter-se calmo, com a certeza de que não os encontrara ainda, porque não havia examinado a todos devidamente, restando, portanto, esperanças.

Antônio e o pai estavam habituados a andar juntos pelas redondezas, que conheciam muito bem. Aprendera como esquivar-se dos perigos em situações embaraçosas. Algumas vezes, o pai o colocara à prova para testar seu aprendizado e se saíra muito bem, recebendo elogios e reconhecimento.

Homem forte e defensor da família, era provável que seu pai, na impossibilidade de juntar a todos, tendo conseguido encontrar a esposa e as filhas pequenas, tê-las-ia levado, na certeza de que o seu filho mais velho, conhecedor da área, embora sua pouca idade, teria chance de se cuidar sozinho naquela emergência. Isso porque ele, em seus dez anos, já se julgava quase um adulto, capaz de fazer prodígios igual aos adultos que mais admirava. Vivia medindo forças com os trabalhadores da fazenda, que sempre o deixavam ganhar as disputas para agradá-lo.

Pensando assim, integrou-se aos que fugiam, e os acompanhou deixando para procurar os familiares mais tarde, quando estivessem todos fora de perigo.

Estava muito cansado e suas pernas mal obedeciam ao impulso de continuar. Ouvia-se choro de mulheres e crianças apavoradas, procurando por seus familiares ou amigos, na esperança de ouvir resposta. Olhou para trás e só podia enxergar a incandescência da lava, descendo em direção ao casarão, já atingindo o pé da montanha, no começo da plantação de uvas.

O grupo era pequeno em relação ao número dos que estavam na casa durante a festa. Isso aumentava o desespero. Lembrava de que fora praticamente o último, a deixar a casa. Ao sair não ouvia mais vozes, nem qualquer sinal humano por perto.

Os animais já tinham se dispersado e não os via mais. O grupo chegava próximo à ponte que ligava as duas partes da montanha dividida pela fenda estreita e profunda, onde, lá ao fundo corria o rio que banhava aquelas terras. Aquela garganta representava para eles a salvação.

Seria preciso muita lava para preencher todo o vale e subir em direção ao topo da montanha. Ainda assim, cairia no canal, e isso lhes daria tempo de passar para o outro lado em segurança.

A ponte era estreita e servia para a travessia de trabalhadores habituados ao seu balanço.

Uma mulher que acabara de ver o filho ser pisoteado pelos animais assustados quando atravessavam entre eles, vinha praticamente arrastada pelo esposo, gritando pelo filho em desespero, causando comoção a todos. Ao passarem pela ponte, ela se soltou, num solavanco, precipitando-se nas profundezas da fenda.

— Não consegui segurá-la — dizia ele, olhando para o precipício, ainda atônito com tudo o que seus sentidos presenciavam.

Outros homens tomaram-lhe a mão e o retiraram do local, onde ele fitava a escuridão, tentando encontrá-la. Amparado entre os demais, andava como se estivesse robotizado, sem dizer uma palavra.

Pingos começaram a cair isolados, e foram se intensificando, até desabar sobre eles uma forte chuva, como bênção salvadora, dissipando um pouco da fumaça, aliviando também o calor insuportável que os envolvia, apesar da época ser de frio intenso.

Do outro lado havia um grande barracão, logo depois da ponte. Um compartimento menor era destinado a guardar as ferramentas, e servir de abrigo para os trabalhadores nas épocas de colheita quando precisavam dobrar os turnos. Ali havia provisões de comida e agasalhos, assim como água, tochas e coisas necessárias à curta permanência com conforto. O outro maior, era usado para acondicionar o produto colhido e tinha muito espaço para acomodar a todos.

Abrigaram-se ali para descansar, muitos já não conseguiam caminhar tal o desgaste pelo susto e a exaustão pela longa caminhada. As pedras pararam de cair e a fumaça um pouco dispersada pela chuva, dava-lhes pequena trégua.

Antônio acendeu algumas tochas e recomeçou a sua

busca, enquanto todos se acomodavam. Olhava um a um, aqueles rostos assustados, ansioso por encontrar os seus entes queridos, até então, desaparecidos.

Mas suas esperanças diminuíam a cada passo e não demorou muito para encerrar a procura inútil.

Certo de que não estavam mesmo ali, saiu correndo e gritando tentando alcançar o caminho de volta. Mas, felizmente, tropeçou e caiu, sendo detido pelos que ali se juntavam, e trazido de volta.

Mantiveram-no ali quase aprisionado, sob vigília constante enquanto tentavam convencê-lo de que não adiantaria voltar.

— Veja, filho, — dizia um amigo de seu pai mostrando-lhe a paisagem ao longe, — olhe a lava se derramando rumo ao casarão. Não conseguiria chegar até lá, pois o calor chega muito antes, e a temperatura deve ser altíssima lá perto. Seu pai é um homem experiente, conhece a região como a palma de sua mão. Acalme-se. Pode ser que, ao amanhecer, ele nos encontre visto que nos orientou para seguirmos este caminho. O importante agora é que fiquemos juntos e calmos. Existem pessoas entre nós que estão feridas, outras tantas também perderam seus entes queridos sem esperança de reencontrá-los. Alguns viram morrer parentes sob seus olhos incrédulos. Estes precisam muito mais de nossa ajuda. Você é muito jovem, conhece o melhor caminho para nos guiar. Precisamos de seus conhecimentos. Tente manter-se calmo, poupar suas energias para quando retomarmos a caminhada. Seu pai virá ao nosso encontro e ficará orgulhoso de você.

Antônio ouvia tudo calado e convenceu-se de que

podiam ter razão. Acalmou-se e todos tentavam refazer suas forças para continuar a marcha.

Cada um se entregava à dor de modo diferente. Algumas mulheres iniciaram uma oração, à qual o grupo todo aderiu.

Dona Cândida, entretinha-se em socorrer os feridos, mas não tinha prestado atenção no seu menino querido entre aqueles que ali se juntavam. Quando o viu, percebendo o desespero estampado naquele rostinho que conhecia desde o nascimento, envolveu-o em carinho como há muito não podia fazer, pois ele se tornara um mocinho e não aceitava mais os cuidados maternais que ela sempre lhe dispensara. Mas naquele momento de dor, seu aconchego tinha o efeito de um bálsamo calmante. Antônio, esquecendo-se de todo o treinamento recebido para ser um homem adulto, entregou-se à sua proteção, chorando qual criança perdida até o amanhecer.

Foram horas de aflitiva vigília, ninguém conseguia tirar os olhos daquele espetáculo tenebroso que acontecia à pouca distância.

O vulcão continuava a derramar sua lava rosada, que descia sobre a plantação, percorrendo o caminho direto ao casarão. As explosões pararam e a fumaça diminuíra. Alguns poucos raios de sol começavam a aparecer por entre frestas das nuvens espessas e escurecidas.

Agora podia-se avistar o casarão sendo atingido pelo rio de lava que também chegava ao lago, derramando-se sobre a água fria.

Apoiado nos braços de dona Cândida, que ainda tremia dizendo rezas desordenadas, Antônio levantou-se para ver o que comentavam e chorou inconsolável vendo a destruição de tudo o que antes lhe servira de lar.

Nunca mais a fazenda voltaria a ser a mesma. Seus sonhos mais caros da infância estavam irremediavelmente destruídos.

Apesar das evidências, não conseguia aceitar a ideia de ter perdido a família. Seu pai era um homem determinado e conhecia aquela região desde o nascimento. Deveria ter usado algum recurso desconhecido para salvar-se com os que não estavam ali. E deveria haver muito mais gente protegida em outro lugar e, em breve, os encontraria. Era nisso que se esforçava por acreditar.

Daquele lado não havia estradas. Estavam no meio da plantação. Deveriam atravessá-la e depois percorrer longa distância dentro de uma mata fechada, cheia de dificuldades e perigos.

O grupo compunha-se de homens, muitos idosos, além de mulheres, e algumas crianças que não conseguiriam andar toda aquela extensão. Combinaram então em revezarem-se para carregar os menores e apoiar os feridos.

Alguns protestaram, pois não tinham ainda sentimentos fraternos nem solidários, mas felizmente a marcha se iniciou e acabaram colaborando.

Antônio fez um balanço do número de pessoas do seu grupo e pôde avaliar que muitos não estavam ali. Esforçava-se por acreditar que deveriam estar em algum lugar seguro.

Poderiam ter usado os animais - pensava - estes conheciam o caminho e enxergavam melhor que os humanos durante a noite. Talvez tivessem chegado à cidade.

Mas eles estavam tão apavorados que seria praticamente impossível utilizá-los. E não acreditava que seu pai iria para tão longe deixando-o para trás.

Caminhava tentando mudar os pensamentos para afastar a tristeza e o cansaço que sentia.

Depois de muitas horas de ferrenha luta, unidos, ajudando-se mutuamente ganharam o outro lado da elevação e começaram a descida, pela mata.

Ainda pararam mais uma vez para descansar e comer algumas provisões que trouxeram do abrigo, antes de rumarem para a estrada que levava à cidade. As crianças choravam e as mulheres tentavam acalmá-las.

Logo que ganharam a estrada, ainda tiveram que caminhar muito, antes de serem socorridos. Grupos de resgate vindos das cidades vizinhas, atraídos pelas explosões que puderam ser vistas e ouvidas a longa distância vieram em busca de sobreviventes.

A cidade mais próxima, distava, por aquele caminho, a muitos quilômetros da fazenda, em estradas ruins, mas não lhes restava alternativa.

Havia uma cadeia de montes com sulcos profundos separando-os agora do monte vulcânico. Quando se sentiram a salvos, a dor invadiu a alma de Antônio e de todos os que não estavam com seus entes queridos! O desespero instalou-se de forma generalizada.

É difícil descrever a dor da separação de pessoas que amamos...

O coração de Antônio parecia mergulhar num mar de tristeza onde se afogava a cada pequena recordação.

Quanto mais se distanciavam do local, a alegria de estarem a salvo se misturava à tristeza profunda de perda, da qual não conseguiam se desvencilhar. Risos e vozes vinham à lembrança de Antônio, e cenas alegres dos seres únicos que lhe enriqueceram a existência, traziam-lhe uma dor pungente, que ainda não sabia expressar.

Por fim chegaram ao povoado mais próximo.

Abrigado, com dona Cândida, em casas de pessoas que se solidarizaram com eles por ocasião da tragédia, Antônio foi se desligando de tudo, até entrar em estado de ausência total do ambiente em que se encontrava.

Ele chorava, chorava... e foi só o que fez por muito tempo, recusando-se a comer, beber.

Sentia-se só. Tão só e desamparado. Não conseguia administrar a dor. Tal foi a profundidade do trauma que ele deixou até mesmo de satisfazer as necessidades básicas de higiene.

Dona Cândida colocou-se ao seu lado com o maior carinho possível e tentou suprir-lhe as perdas da melhor forma que conseguiu, mas não foi suficiente.

Nem a presença de alguns parentes pôde fazer com que ele emitisse um som sequer. Parecia que seus lábios nunca tinham pronunciado palavra alguma, tal era sua mudez. Seus sentidos pareciam todos bloqueados pela dor, pois não reagia a estímulo algum.

Os olhos perdidos em um ponto qualquer davam a impressão de que seu espírito vagava por alguma paisagem distante daquela realidade.

Recusava alimento e água, tendo que ser nutrido pela bondosa babá, que lhe introduzia os alimentos em forma líquida pela boca massageando a região da garganta pronunciando palavras de estímulo até que engolisse.

Arranjaram um médico para consultá-lo, mas nenhuma enfermidade física foi detectada. Sua desnutrição trazia preocupação àquela mulher que lutava pela vida daquele corpo frágil.

Assim passaram-se algumas semanas e, só não desencarnou pelos cuidados desvelados de dona Cândida, e de pessoas colaborando com componentes nutritivos, que passaram a ser seu cardápio constante.

Ao entrar na terceira semana após a tragédia, o vulcão ainda continuava em atividade, mas agora parecia mais calmo e apenas expelia o excesso de lava, que já descia muito grossa, formando nova montanha de matéria aquecida ao seu redor mudando totalmente a paisagem.

Com seu trabalho incansável, Francisco, o pai de Antônio, havia feito progredir tudo que lhe fora confiado, só não havia contado com a volta em atividade do vulcão.

Não tiveram mais notícias de sobreviventes. Também os corpos dos que pereceram, sepultados sob as grossas camadas de lavas, jamais puderam ser encontrados ou identificados.

A fortuna da família de Antônio, empregada em terras, plantação, equipamentos e estoque perdera-se totalmente. A riqueza nascera da fórmula do vinho que fabricavam e do trabalho ao qual se dedicavam. Não tinha dinheiro e tudo o que possuía estava na fazenda, destruída irremediavelmente. Só restavam cinzas, nada mais.

Dona Cândida, quando só com seus pensamentos, perguntava-se:

— Por que o homem desafiava a natureza daquela forma? Sabiam que havia a hipótese, mesmo remota, de um dia o vulcão voltar às atividades. Havia outros montes com crateras em suas cúpulas naquela região, mas só alguns, mais recentes, impunham respeito pela frequência com a qual derramavam sua ira. Também agora, de que adiantava pensar assim ou lamentar?

Chorava pelo seu esposo, que perecera com os outros naquela noite. Na hora das explosões, ele não estava em casa.

Nos dias de comemorações, muitos empregados eram requisitados para prestar serviço como auxiliar geral. Depois da festança, a comida e bebida restante era distribuída e ganhavam folga no dia seguinte, o que lhes propiciava oportunidade de descansar, comer e beber à vontade.

Havia dezenas de pessoas desaparecidas entre empregados da fazenda, convidados que participavam da festa, moradores da colônia e alguns habitantes das redondezas.

O que teria acontecido com eles, enquanto os outros fugiram? O que os teria impedido de se salvar também?

Muitas vezes, parecia ouvir a voz de algum deles. O coração se exaltava de esperança e alegria, mas logo em seguida, o terrível engano e a sombra da morte, voltavam a nublar seus olhos cansados.

Recordava Adelaide com sua doçura, que a transformara de patroa em irmã querida, e da qual jamais poderia se esquecer. As meninas ruidosas e alegres a correr pela casa, e Francisco, sério e bondoso como ninguém. Ela viera para aqueles sítios ainda muito jovem, conhecera a união daquelas almas amigas e participara de todo o desenrolar de suas vidas. Como aprendiz daqueles espíritos que pareciam deter o conhecimento de verdades sublimes, a paciência e a compreensão que só possuem as almas elevadas, não tinha momentos tristes para recordar. Uma dor imensa invadia seu ser carente. E as lágrimas eram a única forma de protesto que sabia produzir.

A maioria dos sobreviventes eram convidados da festa, parentes e amigos da família e tinham seus lares seguros nas cidades em redor. Tinham para onde retornar. Mas Antônio, não tinha para onde ir.

Todos os que não apareceram até aquela semana, foram considerados mortos. Antônio foi dado como órfão. Sem documentos, dinheiro, roupas ou qualquer vínculo com o passado.

Como estivesse em estado quase vegetativo, ninguém se opôs que ele ficasse sob os cuidados de dona Cândida, abrigados nas casas de parentes que se revezavam para fugir à responsabilidade de assumir definitivamente sua guarda.

Passavam-no de uma casa para outra, como pesado fardo do qual todos desejavam se livrar.

Outros só aceitaram a incumbência porque a babá permanecera ao seu lado, cuidando dele como se fosse seu filho, realizando todo o trabalho mais pesado e difícil.

3
AMPARO PROVIDENCIAL

A BONDOSA DONA CÂNDIDA sentia o ambiente de desconforto no qual era colocada junto ao seu tutelado, em cada mudança de família. Queria livrar-se daquela situação humilhante, mas não tinha recursos para cuidar dele, nem para onde ir. Possuía alguns parentes mais distantes aos quais pensou pedir ajuda, mas sabia que eles eram tão pobres quanto ela, e não teriam condições de auxiliá-los. Se estivesse sozinha poderia trabalhar e manter-se, mas com Antônio naquela dependência, nem isto conseguiria fazer.

Separar-se do menino naquelas condições não estava em seus planos. Ela o amava como a um filho, e ele precisava agora, mais do que nunca, de seu carinho. Parecia ser a única criatura a se preocupar com ele de verdade. Se quisesse protegê-lo teria que viver das migalhas que cada um oferecesse, ouvir as reclamações fartas em situações como aquela, e munir-se de paciência e compreensão para suportar a rejeição de todos.

Depois de passar por várias casas, ficando um mês em cada uma, Antônio piorava.

Dona Cândida tentou interceder por ele, mas os parentes pareciam ter mais compromissos sociais a cumprir do que amor pelo menino.

Reclamações sobre o custo elevado dos remédios e cuidados especiais que ele exigia, provocavam atritos entre os familiares que jogavam uns para os outros a incumbência. As discussões constantes entre eles tornava a situação cada vez mais constrangedora.

Numa das reuniões para decidir sobre o destino de Antônio, os familiares resolveram mandá-lo para a região do Piemonte onde morava uma irmã de sua mãe, que era solteira, tinha uma situação econômica confortável, e vivia sozinha. Lá se instalaram confortavelmente, pois ela providenciou os recursos necessários para os dois.

Por algum tempo dona Cândida conseguiu paz para cuidar de Antônio devidamente. Mas não demorou muito para que a tia se cansasse do incômodo. As despesas eram elevadas e os zelos, desgastantes. Ela questionava os outros parentes que não ajudavam em nada. Sentindo-se explorada por eles, resolveu devolver a incumbência, dando um basta naquela situação. Como houvesse novo impasse sobre o assunto, depois de muitas brigas resolveram fazer de outra forma.

Propuseram àquela mulher humilde, dedicada e fiel, que sabiam ter qualidades morais suficientes para assumir o que eles queriam recusar, que aceitasse cuidar do menino em uma casa que alugariam para eles. Seriam custeados pelos familiares, que deveriam revezar-se com as despesas. E ainda lhe pagariam um salário para cuidar do menino, como vinha fazendo até então.

Arranjar-lhes-iam uma casa nos arredores da cidade onde estavam, e lhe dariam uma remuneração para ficar com ele, pois não tinham dúvidas de que ela o amava intensamente.

A boa mulher sabia que aquela era uma forma de livrarem-se deles, mas não tinha alternativa. Compreendia que o amor deve ser espontâneo, jamais imposto a alguém e eles definitivamente não o amavam. Se tivesse condições de trabalhar o faria e o sustentaria com o seu próprio ganho sem depender de ninguém. Mas não podia deixá-lo sozinho e o custo do tratamento era bem alto. Jamais conseguiria ganhar o suficiente com seus conhecimentos profissionais tão limitados.

Antônio precisava de ambiente tranquilo para reequilibrar-se e só longe daquelas pessoas que o rejeitavam poderia conseguir o equilíbrio necessário. Por isso aceitou a oferta miserável que lhe fizeram, com agradecimento sincero.

Quando viu a casa que arranjaram para eles, ela se revoltou. Um pequeno terreno na periferia da cidade com dois cômodos, ocupando todo o espaço, em péssimo estado de conservação.

Dentro do quarto, duas camas bem usadas e uma cômoda dividiam o espaço. No outro cômodo, uma mesa, duas cadeiras e um guarda-louças com algumas panelas, pratos e xícaras sobre o balcão, davam a ideia da pressa e do descaso como foram providenciados.

Uma porta que dava para um estreito corredor cercado por ripas enfileiradas e presas por um fio de arame, onde um pequeno portão os separava da rua.

Dona Cândida examinou tudo atenciosamente e lutou consigo mesma para não deixar os pensamentos infelizes dominarem seu estado geral. Estava acostumada à pobreza e simplicidade. Para ela, qualquer lugar seria bom, mas para o garoto, não. Ele nascera em berço nobre e fora criado com conforto e muito amor pelos pais. Precisava de muito mais do que aquilo, principalmente agora que estava traumatizado com tudo que lhe acontecera.

Mas longe de desanimar, orou intimamente pedindo ajuda a Deus para suportar mais aquele golpe, e começou a limpar a nova morada como se fosse a melhor do mundo.

Organizou tudo, forrou as camas e acomodou aquele, que já tinha adotado por filho do coração, de maneira confortável.

Quando Antônio dormiu, ela saiu pelos arredores, reconhecendo o local onde deveria aprender a sobreviver, e colheu algumas flores, fartas em terrenos baldios da vizinhança.

Distribuiu as flores enfeitando os móveis simples e embelezou o ambiente paupérrimo com a riqueza espiritual que só o amor é capaz.

Trabalhou feliz, sentindo-se livre da pressão negativa da família incomodada, acreditando na melhora de Antônio, que só se processaria com a ajuda Divina num ambiente calmo e cheio de amor.

Nas manhãs frias, quando o sol aparecia com seus raios salutares, ela improvisava uma cama com cadeiras e travesseiros e o colocava para tomar sol. À tarde, quando a temperatura permitia, depois de banhá-lo, levava-o, ao colo, novamente até o portão e acomodava-o de forma a ver outras pessoas, para não perder o contato social.

Nesses momentos ficava sentada ao seu lado, vigiando-o. Procurava distraí-lo contando histórias ingênuas que aprendera na infância. Embora o menino parecesse alheio a tudo, ela insistia, tendo intuições de que seu espírito ouvia, ainda que não demonstrasse.

Muitas pessoas passavam pelo local e observavam a cena repetitiva, apiedavam-se de seu destino. Com essas atitudes simples e despretensiosas, ela despertou a simpatia de um grupo especial de pessoas.

Elas passavam por ali várias vezes na semana, no mesmo horário, entrando numa das casas. Eram sempre as mesmas pessoas e parecia que se reuniam ali com frequência disciplinada.

Havia homens e mulheres e nenhuma criança. Quando o tempo ficava mais quente, ela permanecia mais tempo lá fora onde a temperatura era mais agradável e Antônio parecia apreciar também aqueles momentos. Assim observara também a saída deles depois de algumas horas, sempre no mesmo horário. Eram amáveis, e cumprimentavam-na, com simpatia. Algumas vezes paravam alguns minutos perguntando gentilmente sobre o estado de saúde do menino.

Alguns meses se passaram e os familiares de Antônio abandonaram-nos de vez. Não mandaram mais alimentos nem agasalhos. O salário prometido à dona Cândida também deixou de vir.

As provisões já estavam acabando e a bondosa mulher pensava aflita no que fazer para sustentar o menino. Não podia sair para trabalhar, pois ele era totalmente dependente. O desespero começou a tomar conta dela que reagia buscando recursos na oração.

No dia seguinte e nos subsequentes, não colocou Antônio no portão como era de costume. Uma onda de frio se intensificara, a alimentação frugal que os sustentava nos últimos dias o deixara mais enfraquecido. Ela mesma já quase não comia, para deixar o que tinha de melhor para ele. Precisava poupá-lo de possíveis resfriados ou qualquer outra doença, porque ele não teria forças para reagir.

Naquele dia em especial estava muito aflita. Pediu tanto para que Jesus a iluminasse e lhe apontasse um novo rumo. Precisava encontrar uma forma de trabalhar para continuar vivendo e cumprindo a tarefa que lhe fora confiada. Depois de chorar muito quase sem esperança, adormeceu, o que não costumava fazer durante a tarde.

Acordou com o chamado de duas das senhoras integrantes do grupo, os quais, percebendo a ausência deles no portão, bateram para perguntar se estavam bem. Já tinha anoitecido e dona Cândida acordou assustada. Estava enfraquecida e o sono a dominara.

Desculpou-se e com a simplicidade costumeira, convidou-as a entrar. Estava desajeitada diante da surpresa e do estado em que se encontrava. Acabou por contar-lhes as dificuldades pelas quais vinha passando e descontrolou-se caindo em pranto comovente. Mesmo sem saber quem elas eram e o que faziam, pareciam inspirar-lhe confiança. Nem precisou pedir ajuda.

Grossas lágrimas rolavam de seus olhos fazendo-a desculpar-se muitas vezes. A ausência dos benefícios recebidos daqueles que se comprometeram a ajudá-la, deixavam-na desesperada. Seus suprimentos, agasalhos, e remédios tinham se acabado sem que pudesse repô-los.

As duas mulheres ouviram tudo em silêncio, e algumas vezes interromperam para confortá-la com palavras de compreensão. No final da narrativa, entreolharam-se confirmando a intuição espiritual recebida, ao pararem ali no exato momento em que a necessidade as chamava.

Acalmaram dona Cândida com palavras de sabedoria, renovando-lhe as esperanças. Contaram que eram espíritas. Revelaram que, aquela casa onde iam várias vezes na semana, reuniam-se os adeptos dessa doutrina reveladora, cujas atividades tinham que ser discretas, porque o preconceito contra eles numa cidade basicamente católica, era muito grande. Comprometeram-se em ajudá-la, fizeram uma prece agradecendo a Jesus pela assistência benfeitora e despediram-se.

Dona Cândida estava aliviada com a forma carinhosa como fora envolvida, e não sabia como agradecer. Abençoou-as dizendo que Jesus teria ouvido suas preces e as teria enviado ali para suprir-lhe as necessidades.

No dia seguinte, bem cedo, retornaram com suprimentos de urgência, remédios, alimentos e agasalhos. Leram um trecho de *O Evangelho segundo o Espiritismo*, traduzido manualmente por um dos componentes do grupo e o comentaram de forma a esclarecer a lição. Em seguida, convidaram-na para assistir às reuniões propondo revezarem-se para fazer companhia ao garoto, caso ela quisesse participar.

Dona Cândida não professava aquela crença. Ouvira de seus antepassados, que deveria se afastar de pessoas que mexiam com os espíritos, pois isso era errado, e contra as leis divinas.

Precisava esquivar-se de comprometimentos como aqueles, mas aquelas mulheres lhe pareceram tão sinceras, tinham disciplina, eram discretas e estavam socorrendo-a quando mais precisava, sem exigir nada em troca de seus préstimos. Vieram após os pedidos que fizera a Jesus, naquela noite. Não podia estar enganada! Elas eram confiáveis.

Mesmo assim, foi com reservas que resolveu aceitar o convite. Era difícil desconfiar da idoneidade daquelas senhoras que a socorreram no momento difícil envolvendo-a junto ao seu menino doente com tantas demonstrações de fraternidade. Também não podia se esquecer de que tinha sofrido inúmeras desilusões com comportamento de pessoas que lhe pareceram bondosas e praticantes das crenças que a ensinaram sobre aquelas coisas.

Iria à reunião deles e procuraria investigar o que faziam. Já não era mais criança e conhecia o bem e o mal. Por certo saberia identificar o que não estivesse de acordo com suas convicções. Chegando lá, ouviu as exortações da noite feitas por um senhor de aparência serena. As explanações caíam como bálsamo sobre as dores que ela trazia em seu espírito sofredor. A forma como interpretava as frases, já conhecidas, contidas no Evangelho, era simples, mas muito elucidativa. Seu espírito podia sentir a paz daquele ambiente. Recebeu o passe e saiu dali, rumando para o lar, extasiada. Tudo o que ouvia parecia recordar-lhe antigos ensinamentos que já conhecia. Era como se tivesse aprendido e depois esquecido por algum tempo, e agora só precisava recordar.

Uma senhora se propusera ficar com Antônio enquanto ela estivesse ausente, e quando regressou encontrou-o dormindo tranquilamente, enquanto a mulher lia alguns manuscritos que informou terem sido copiados do Evangelho.

Não era fácil obter a obra, que ainda estava basicamente limitada à França. Principalmente na Itália, onde predominava outro credo. Eles possuíam um exemplar que uma companheira do grupo ganhou do pai, que residia na referida cidade de Kardec. E como ela falasse o francês e o italiano, traduziu-o com seus conhecimentos, podendo assim oferecer ao grupo o estudo básico no qual se apoiavam. Tinham também *O Livro dos Espíritos,* conseguido da mesma forma. Os que sabiam ler e escrever faziam cópias das lições e aos poucos iam montando seus livros.

As reuniões começavam e terminavam com preces e agradecimentos a Deus, proferidas pelos componentes, que se revezavam de forma que todos participassem igualmente. Em seguida ao estudo, os médiuns juntavam-se em torno de uma mesa simples, para o trabalho de esclarecimento aos irmãos sofredores das esferas espirituais, que, por sua vez, traziam, com seus depoimentos, grandes lições aos assistentes.

As pessoas encarnadas, não participantes do grupo, ali compareciam, quando portadoras de desequilíbrios variados, para serem submetidas ao tratamento e orientação que, na maioria das vezes, resultava em melhoras inacreditáveis.

Muitos efeitos físicos e até mesmo materializações aconteceram espontaneamente, auxiliando nos trabalhos de cura e fortalecendo a fé dos que as presenciavam.

Aos poucos aquela alma sofredora se fortalecia, e firmava-se no caminho difícil que lhe fora traçado, cumprindo os desígnios de Deus com resignação.

No final, os médiuns transmitiam passes em todos os frequentadores que levavam para suas casas aquelas vibrações de paz.

Como Antônio não pudesse sair do leito para acompanhá-los, eles ofereceram-se para levar ao garoto o recurso dos passes e, com a aprovação de dona Cândida, passaram a fazer parte do tratamento dele.

A cada dia melhorava seu estado geral. Parecia reativar, aos poucos, parte da memória e dos movimentos físicos. Era como um grande presente dos céus para sua antiga babá, que o adotara por filho do coração.

Orientada pelos dirigentes do centro, passou a conversar com ele durante o sono quando o espírito, desprendido da matéria física, livre temporariamente dos atrativos terrestres, poderia ouvi-la com maior atenção.

Dava-lhe incentivos amorosos, estimulando-o a lutar para recuperar seus movimentos normais como antes. Repetia para ele pequenos trechos dos exemplos de Jesus transcritos no livro que liam nas reuniões, dos quais lembrava-se detalhadamente. Anexando explicação sobre as razões do sofrimento como resgate de vidas passadas, ou oportunidade de aprendizado e crescimento espiritual, terminava transmitindo-lhe vibrações salutares. Evidenciava a grandeza da misericórdia divina em nos permitir corrigir os erros através da reencarnação, que começava a estudar, mas parecia-lhe tão familiar pela forma como compreendia seus intrincados liames.

Percebendo a simplicidade e dedicação de dona Cândida, tanto cuidando da parte física do local das reuniões espíritas, como aprendendo as lições doutrinárias que assimilava com facilidade e muita vontade de aprender, e vendo seu estado de necessidade, convidaram-na a ocupar parte da casa onde se reuniam. Era bem ampla e possuía alguns cômodos nos fundos que poderiam abrigá-la, junto ao menino, sem fazer falta às atividades normais. Livre dos encargos do aluguel, que já não vinha sendo pago há muito tempo, ela poderia despreocupar-se e cuidar de Antônio mais tranquilamente. Aceitou agradecida e mudou-se logo.

Davam-lhes alimentos e roupas usadas que ganhavam, e assim podiam sobreviver. Logo os remédios não eram mais necessários. Passados alguns meses o menino estava quase recuperado. Exercícios diários com as pernas foram lhe devolvendo a firmeza de andar, voltou a falar e já podia até escrever com certa facilidade.

Já podia explorar os arredores e, às vezes, ficava horas olhando para as montanhas ao longe, querendo recordar-se de algo que lhe parecia distante, mas doloroso.

Tinha quase todas as suas funções recuperadas, mas a memória permanecia bloqueada em relação ao passado, à família, e aos últimos acontecimentos.

A única lembrança da fazenda era o cachorro que possuía. Às vezes, parecia vê-lo correndo pelas encostas da montanha ao encalço de animais que apareciam com frequência nos arredores. Sentia sua falta e não conseguia saber como se afastara dele. Não raro sofria uma melancolia profunda e chorava durante horas sem saber exatamente o porquê. Seu subconsciente registrava o passado e emitia vaga lembrança, que ele recebia com muita dor, embora não conseguisse desbloqueá-la para seu próprio equilíbrio.

Os novos amigos que ajudaram no tratamento espiritual e na recuperação quase total de seu estado físico e emocional, afirmavam que ele voltaria a se lembrar de tudo. Envolviam-no com muito carinho e nunca deixavam que permanecesse sozinho por muito tempo. Apegaram-se a ele e a dona Cândida, que correspondia fielmente a todas as emanações de fraternidade recebidas.

Tornaram-se amigos e ela, sempre agradecida, cuidava do recinto onde recebia tantas bênçãos.

Antônio já estava muito bem. Só lhe faltava a lembrança dos últimos acontecimentos, mas poderia voltar a qualquer momento.

Passaram a viver momentos felizes, cuidando de tudo com o maior capricho possível. Dona Cândida cuidava do pequeno jardim, que ganhara mudas novas oferecidas pelos frequentadores da sociedade religiosa, e mudava a disposição das plantas de modo a oferecer--lhes visual bonito e elementos naturais de acordo com cada espécie. Limpava o chão e a mobília simples, arejava as salas onde se realizavam as atividades, sempre com atenção, carinho e agradecimento.

Foram anos de muito trabalho e também de muita paz. Todos se sentiam felizes. Cooperavam mutuamente na distribuição de alimentos e roupas aos necessitados, bem como atendiam aos que batiam àquela porta buscando socorro para seus males espirituais.

4

Crise provocando imigração

Há muito que o país todo passava por dificuldades políticas e econômicas, mas foi daquela região que partiram os primeiros imigrantes. A região montanhosa oferecia pouco espaço aproveitável para o cultivo de lavouras, assim como para criação de animais que pudessem abastecer seus habitantes. Por isso, os alimentos que a Itália não produzia, importava da França, Alemanha e outros países vizinhos.

Exportava vinho, e isto mantinha em equilíbrio a balança comercial.

O governo precisou aumentar o preço do vinho fornecido principalmente à França e Alemanha, e estes, por sua vez, os corrigiram nos produtos exportados para a Itália.

Os mais ricos podiam manter-se por algum tempo, assim como buscar seus produtos em fontes mais acessíveis, mas as classes mais pobres foram perdendo o poder aquisitivo rapidamente. Em pouco tempo não havia mais o que comer. A guerra criada entre importação e exportação deixou desabastecido o mercado interno, que não era autossustentável.

A fome e sua pior consequência, as doenças, visitavam a população sofrida. Chegava aos lares como invasora cruel, para a qual as pessoas não tinham defesas.

O aspecto das cidades mudou rapidamente. Era quase impossível conseguir carne. A farinha, matéria básica muito consumida no país, era importada da França, que aumentava seu preço exageradamente. Frutos, cereais, vinham de outras regiões, também a preço exorbitante, impossibilitando o consumo.

A situação era tão grave que muitas espécies de pássaros foram levadas à extinção porque se constituíam na única fonte de proteína ainda acessível ao povo.

Dentro do quadro desesperador, países em fase de crescimento, ofereciam condições especiais para receber os imigrantes italianos. O governo passou a facilitar a saída dos que quisessem tentar a vida lá fora, acreditando nas promessas de uma vida melhor.

Muitos já tinham deixado a cidade. Doenças proliferavam rapidamente entre a população desnutrida. Os imigrantes, que já estavam no Brasil, escreviam aos parentes contando as vantagens e possibilidades na terra nova, omitindo, na maioria das vezes, as dificuldades encontradas.

Os intermediários que recrutavam os italianos ainda em seu país de origem, faziam contratos enganosos e falsas promessas, as quais, na maioria das vezes jamais foram cumpridas.

Pobres almas! Partiam tão esperançosas!...

Dona Cândida ouvia comentários entusiasmados sobre as vantagens oferecidas, mas jamais pensara em deixar aquele solo abençoado que os amparava com tanta segurança e amor.

Já havia sofrido muito. Não tinha ambição e tudo que desejava era poder criar o filho do coração dentro daquele grupo religioso que lhe fortalecera o espírito.

Mas a crise cercava toda a Itália, principalmente as cidades menos desenvolvidas. Começava a dar-se conta da situação verdadeira do país, muito diferente daquela que vivia dentro daquele lar.

Rapidamente as pessoas foram desaparecendo motivadas pela imigração. Embora o número de necessitados aumentasse em muito, o de trabalhadores diminuía assustadoramente.

Temia que, em breve, a instituição benemérita pudesse sofrer perdas irreparáveis, mas aguardava confiante que tudo se resolvesse. Os dirigentes da casa haviam comentado com ela sobre as dificuldades pelas quais passavam, tanto na vida particular como no balanço econômico da instituição, que não conseguia mais se manter. Se nada fosse feito pelas autoridades governamentais não poderiam mais ficar.

Dona Ângela e seu Justiniano, os dirigentes da casa espírita, foram obrigados também a abandonar o lar, aventurando-se como os demais. Mas não queriam partir deixando dona Cândida e Antônio desprotegidos. Consideravam-nos como membros da família. Todos os que já haviam partido combinaram se encontrar em terras brasileiras, e concretizar ali o ideal religioso iniciado na pátria querida.

Para aquelas pessoas não havia mais alternativas! Não conseguiriam sobreviver com o país naquelas condições.

Dona Cândida estava muito triste. Naqueles últimos anos vivera feliz. Sem sair do lar podia cuidar de Antônio e ganhar o sustento para ambos com seu trabalho digno. Participava dos estudos ali realizados duas vezes por semana, e atendia também aos necessitados que batiam àquela porta à procura de ajuda caridosa.

Enfrentaram a fúria das religiões incomodadas com o crescimento daquele trabalho edificante, e o preconceito da maioria muitas vezes fez-se conhecer através de violência contra aqueles que só queriam paz, amor e fraternidade.

Venceram tantas dificuldades e agora sucumbiam diante da fome, da miséria e das doenças que assolavam toda a região.

O Brasil, era apontado como a melhor opção, oferecendo terras vastas e férteis ao cultivo de variadas espécies. Comentava-se que seu sistema político colocava à disposição dos imigrantes, possibilidades incontáveis, não só de viver dignamente do trabalho, como de enriquecer com a aquisição de terras a preços baixos e lucro no cultivo promissor do café.

Mesmo sem pretender fazer fortuna, dona Cândida aceitou o convite dos únicos amigos que possuía, e junto a eles embarcou com Antônio para as terras brasileiras.

No porto, as famílias agrupavam-se ruidosas, trazendo apenas algumas roupas, e o dinheiro que conseguiam com a venda dos poucos bens que possuíam.

Mesmo assim tornava-se cada dia mais difícil vendê-

-los. Os poucos que possuíam dinheiro para comprá-los, regateavam no preço aproveitando-se da situação.

Os porões dos navios foram colocados à disposição de quantos quisessem partir.

No balançar das embarcações pesadas, as pessoas se acomodavam como podiam. Precisavam agrupar-se de modo a caber o maior número possível de passageiros. Concordavam humildes com as imposições, pois a situação da maioria não lhes permitia escolha.

Suportavam a tristeza ao deixar a terra natal com a esperança de conseguir o padrão de vida tão sonhado na nova morada. Levavam consigo a certeza de que em breve retornariam com os bolsos transbordando de dinheiro, para retomar suas vidas do ponto em que estavam quando partiram.

Aqueles que possuíam bens ou joias valiosas e conseguiam vendê-las antes da partida, podiam pagar pela viagem em navio confortável. E ao chegar no Brasil, recomeçavam a vida nos centros urbanos onde tinham possibilidades de estabilizarem-se financeiramente. Estes enriqueceram e fizeram prosperar também a nova nação.

Mas os que vinham sem dinheiro eram submetidos ao trabalho braçal nas lavouras, sujeitando-se às acomodações e aos alimentos que lhes eram destinados sem condição de exigir coisa alguma.

Grande parte deles tinha que ser acomodada nas velhas senzalas, visto que era recente a abolição da escravatura, e ainda não havia estrutura de colônias, ou seja, casas individuais para abrigá-los, como depois foram construídas.

Mal acomodados, relegados ao regime quase escravo, obrigavam-se a trabalhar praticamente pelo próprio sustento.

A ilusão dos que vinham era enorme e as promessas tão fortes, que muitas famílias deixavam seus filhos menores com parentes ou amigos, na certeza de retornar em breve, oferecendo-lhes uma vida farta e rica. Querendo preservá-los dos riscos da viagem, que realizavam em condições precárias para economizar o pouco dinheiro que podiam levar, despediam-se amarguradamente, certos de estar sofrendo agora para em breve desfrutar de um futuro feliz.

Mas a realidade logo começava a nublar aquela promissora viagem.

Ao embarcar, todos assinavam um documento autorizando o sepultamento dos corpos que viessem a falecer, em alto mar, para evitar a proliferação de doenças no ambiente. Muitas famílias tiveram que se submeter a despedidas tão tristes, sem poder contar com um túmulo, para homenagear os entes queridos, como era o costume da maioria.

Eram frequentes as despedidas dolorosas entre pais e filhos menores, cujo destino estaria selado pela separação. E, diga-se de passagem, poucos conseguiram rever essas crianças, ou sequer ter notícias delas.

A comida era feita sem capricho, propiciando paladar horrível e quantidade insuficiente. Muitos não conseguiam se alimentar embora tivessem muita fome.

Ao ver a embarcação se distanciar da terra amada, profunda tristeza lhes invadia a alma. Eram poucos os que conseguiam ainda festejar, como tanto gostavam.

A dúvida de talvez jamais poderem voltar deixava-os debilitados.

Como se não bastasse a tristeza natural daquela gente sofrida, passados poucos dias da partida, acordaram no meio da noite com os gritos de desespero de uma mulher, que se deitara ao lado da filhinha febril e, foi acordada pela voz do comandante querendo tirar-lhe a criança morta para jogá-la ao mar, como era combinado, para evitar a proliferação da peste.

A mulher agarrava-se ao cadáver com desespero, sem permitir que a tomassem. Seu pranto chocou a todos. Ninguém podia ajudá-la, deixar a criança ali significaria risco para todos. E foi entre lágrimas e muito sofrimento que todos presenciaram o ultraje aos sentimentos maternos. Cenas como esta, se repetiram, pois não havia médico para atender aos doentes que aumentavam a cada momento. Parentes mais próximos tinham que cuidar de seus doentes até que morressem e depois ficavam isolados em quarentena.

Tanto sofrimento sedimentava os traumas. Convivendo com os problemas mais variados e dolorosos, aquelas famílias foram se reduzindo até que finalmente chegaram ao destino.

Quando o esplendor das paisagens parecia abrir os braços promissores dando-lhes as boas-vindas, dona Cândida, ao tocar em solo firme, respirou o ar puro e fresco, e rogou a Jesus que os ensinassem a honrar aquela terra que lhes acolhia em seu seio para novas experiências.

5

Em terras brasileiras

Desembarcaram ansiosos e não foram poupados das situações de conflito.

As fazendas que precisavam deles determinava o número de pessoas que queriam empregar.

Alguns imigrantes assinavam contrato com fazendeiros através de intermediários antes de embarcarem. Chegando, portanto, com o destino pré-determinado, teriam depois outras decepções com o salário, acomodações etc. Os que vinham sem contrato, eram alojados onde lhes coubesse.

Se o número estipulado por determinado patrão não pudesse abrigar todos os familiares de um grupo, eles eram separados. Não era permitida a transferência de uns ou a desistência de outros. A falta de compreensão da língua portuguesa falada no Brasil gerava confusão e insegurança. O cansaço da viagem difícil e a falta de um rumo certo deixava-os vulneráveis. Precisavam ficar atentos às determinações dos organizadores das expedições que rumavam para as fazendas, e às vezes, perdiam-se uns dos outros.

Membros de uma só família se agarravam uns aos outros para permanecerem juntos, mas familiares mais distantes separavam-se, de modo que muitos jamais tiveram notícias dos companheiros de viagem.

Não podiam reclamar. A maioria não tinha dinheiro nem mesmo para manter-se até conseguir trabalho. Os documentos não eram legalizados imediatamente. Desconheciam completamente as leis vigentes na terra onde desembarcaram cheios de esperanças de progresso.

Para que pudessem permanecer no país, recebiam visto provisório, o qual precisava ser efetivado quando vencia o prazo estipulado. Sem conhecer esse detalhe, a maioria não se naturalizou, enfrentando também muitas dificuldades por isso.

Muitos eram abrigados em condições sub-humanas, visto que nem todas as fazendas estavam devidamente preparadas para recebê-los. E os patrões ainda tinham dificuldade em desvincular-se da forma de tratamento aplicada aos escravos, tratavam os imigrantes como substitutos dos negros.

Dona Cândida, Antônio, e mais algumas famílias que vieram no mesmo navio, dentre as quais dez já se conheciam desde a morada anterior, tiveram que embarcar novamente. Foram para o Estado de São Paulo, visto que o primeiro local não os comportou. Felizmente os amigos espíritas que os trouxeram, puderam ficar juntos.

Ainda tiveram que viajar muitas horas de trem até a cidade mais próxima. De onde partiram a pé, até a fazenda de café e algodão, onde foram acomodados em grupos de casas paupérrimas denominadas colônias.

Faltava-lhes tudo. Era impossível não ter saudades

do antigo lar. A fome e o trabalho exaustivo não lhes deixavam admirar a bela natureza onde foram colocados. Revigoravam-se, às vezes, com o ar puro e a música do vento nas folhagens, mas isso era pouco para quem tem um grande vazio no estômago e no coração.

A escravidão negra tinha sido abolida no Brasil, mas não havia leis trabalhistas para proteger e auxiliar os lavradores. Ainda se podia notar as marcas do passado nos objetos de tortura e nas histórias vivas na memória popular, das tragédias que aqueles sítios haviam presenciado.

Troncos e apetrechos jogados por toda parte denunciavam os abusos da maldade humana contra seu semelhante. As senzalas, onde até bem pouco os negros se agrupavam em promiscuidade obrigatória, agora eram aproveitadas para abrigar materiais e animais.

Alojados nas colônias construídas às pressas nas fazendas, era comum que cada família de imigrantes recebesse tão somente uma ração mensal em troca do trabalho de sol a sol. Os patrões que estipulavam salário em troca do trabalho, não tornavam menos sofrida a situação, porque, dando-lhes o dinheiro equivalente ao serviço, que era sempre inferior ao valor real, cobravam-lhes pelos alimentos consumidos, resultando na mesma miséria.

Não havia assistência médica, hospitalar nem remédios. Tudo o que possuíam era a natureza com sua farmacopeia conhecida dos mais velhos, de onde extraíam os medicamentos para seus males, muito embora já soubessem que, para as dores do coração, não havia remédio.

Dona Cândida ia muito cedo para a roça e trabalhava no que fosse necessário. Apanhava algodão, capinava ruas de café, ou ajudava no plantio de novas mudas. Começava pela madrugada, terminando quando o sol se punha. Levavam o alimento para o almoço em vasilhas, porque não podiam interromper o trabalho voltando para casa.

Todos tinham dificuldade em compreender as pessoas, as ordens, e os costumes brasileiros. Não falavam português e o modo de vida era bem diferente ao qual estavam acostumados. Assim, até que se adaptassem, dependiam de quem tivesse mais facilidade para aprender e auxiliavam dentro do possível.

Em 1908, Antônio contava com dezesseis anos.

Não fora habituado ao trabalho pesado na lavoura. Não se recordava de seu passado com a família, mas conservara lembrança do que aprendera. Os estudos era um exemplo disso. Desejava continuá-los, mas não havia escola na fazenda onde estavam abrigados, nem em outras nas proximidades.

A cidade mais próxima, São Paulo, ficava distante muitos quilômetros dali, e não era permitido sair. O alimento era distribuído de acordo com o número de trabalhadores de cada casa e isto os estimulava a trabalhar para poder comer.

Sofriam muito para adaptarem-se à nova situação. Dona Cândida era uma mulher muito asseada e mantinha a casa onde moravam muito limpa, tornando-a mais agradável. Mas a comida que recebiam era de péssima qualidade.

A gordura com a qual cozinhavam, era extraída da

banha de porcos e atraía moscas, pelo cheiro e características. As porções endereçadas a eles vinham sempre cheias de larvas que se proliferavam rapidamente, deteriorando-a.

Não havia outra forma de preparar os alimentos, e o fato de estar estragada não lhes dava direito a substituição. Assim, precisavam salgá-la e colocá-la ao sol para que os bichos morressem, permitindo seu uso na alimentação. Pouquíssimas fazendas mantinham tratamento diferente com os italianos.

A água era retirada de nascentes, chamadas de bicas, e tinham que ser transportadas em latas ou potes de barro para dentro das casas. Não tinham o hábito de banhar-se diariamente, como era uso no Brasil. Na Itália havia um clima favorável, mas aqui, a pele não se adaptava ao sol brasileiro, sofrendo lesões e alergias pela falta da limpeza indispensável.

O açúcar era racionado, dificultando o feitio de doces ou guloseimas. Acostumaram a usar o melado e a rapadura, mais fácil de conseguir. A carne bovina ou suína também era muito rara. O pomar produzia em abundância, mas as frutas eram vendidas pelos patrões, sendo-lhes permitido usufruir apenas das que caíam ao chão e tornavam-se inúteis para a venda.

Na verdade, a situação não era muito diferente daquela em que viviam na Itália. Sofriam a escassez alimentar tanto quanto em seu país, e doenças rondava-os constantemente, arrebatando principalmente as poucas crianças vindas e as que nasciam após a chegada.

A religião predominante na fazenda onde ficaram e em quase todo o país era a católica. Mas eles, familiarizados com a doutrina dos espíritos, se uniram para dar continuidade àquela que conheciam e praticavam desde a morada anterior.

É claro que tudo era feito de forma muito discreta e até escondida, porque muitos ignoravam o valor dessa doutrina. Cerceados pelas crendices e superstições, abominavam as práticas espirituais, julgando-as pecaminosas.

Apesar das dificuldades, continuaram a estudar o livro que dona Ângela trouxera sob suas vestes, extraindo de suas lições a força para prosseguir. Tratavam-se de cópias de *O Evangelho segundo o Espiritismo* e de *O Livro dos Espíritos*, que, como já foi dito, recebera de seus pais, que eram franceses e adeptos da doutrina kardequiana. Os genitores da boa mulher legaram-lhe os dois volumes para que orientasse sua prole. Ela, dedicadamente traduziu para a língua italiana, manualmente, podendo dividir com seus amigos, os ensinamentos de Jesus que os espíritos inspiraram a Kardec.

Antônio fazia a leitura dividindo-a com senhor Justino e dona Ângela, e os comentários ficavam por conta de dona Cândida, que não sabendo ler, tinha inspirações sublimes, deixando a todos com a alma mais leve, naqueles instantes de verdadeira luz espiritual.

6

Aflorando a mediunidade de Antônio

Antônio andava muito triste. Fazia o trabalho forçado pela necessidade, mas na verdade queria mesmo estudar. Sentia muita falta da escola e dos ensinamentos que absorvia lá. Chegava a revoltar-se por não poder frequentá-la novamente. Recordava-se lentamente de pequenos detalhes vividos no passado. Somando-se uns aos outros, já tinha um grande quebra-cabeças faltando muitas peças chave, que também o irritavam profundamente.

Às vezes saía para pensar e caminhava muito, depois parava em um ponto mais elevado, olhava a plantação, esforçava-se por lembrar de coisas que lhe pareciam familiares. Mas suas raízes estavam esquecidas em algum ponto da mente, não lhe permitindo fazer as ligações.

Muitas vezes uma tristeza imensa e sem causa apertava-lhe o coração. Entregava-se ao choro, embora escondido, pois tinha vergonha de expor-se daquela maneira às pessoas com as quais convivia.

Dona Cândida era para ele como uma mãe. Mas não

lhe revelava o que ele queria tanto saber. Sabia que as lembranças eram dolorosas e que, se Deus lhe havia permitido esquecer temporariamente era porque teve compaixão de seu sofrimento e deveria respeitar sua vontade. Quando Ele julgasse oportuno, certamente o faria recordar imediatamente. Assim, não lhe escondia que conhecia seu passado, mas não podia lhe revelar para preservar-lhe o equilíbrio emocional.

Era noite. Depois de dar uma de suas voltas costumeiras pelas imediações, ele estava sentado na soleira da varanda, lutando contra pensamentos que lhe assaltavam novamente.

Queria tanto respostas para suas perguntas mais aflitivas!

Suspirou fundo e olhando o céu majestoso do Brasil, que parecia ainda mais bonito naquela noite, localizou o cruzeiro do Sul, do qual todos falavam com admiração.

Sentia o coração contraído dentro do peito, como se alguém o apertasse. Então, fechando os olhos, de onde lágrimas de saudade de algo inexplicável rolavam, elevou o pensamento a Deus rogando esclarecimento para aquela dor, ou forças para suportar a angústia que tão cedo lhe comprimia a existência.

Não tinha lembrança do que se passara antes da doença que o imobilizara aos dez anos, mas sabia que algo terrível havia acontecido.

Naquele instante sentiu uma brisa leve soprar-lhe o rosto como uma carícia e deixou-se envolver pela sensação de ternura que o momento lhe inspirava. Em seu pensamento começou a projetar-se uma imagem inatingível e imutável pela sua vontade.

De repente o rosto de uma mulher foi se delineando diante de seus olhos incrédulos, enquanto os lábios tentavam gritar. Apenas a voz do pensamento saía livremente estabelecendo o encontro mais doce que jamais conseguiu ter.

De súbito recordou-se. Era sua mãe! Quanta saudade!

— Mamãe! — exclamou com a voz trêmula e os olhos derramando as lágrimas.

Por um momento teve o impulso de correr para seus braços, mas era só uma imagem. Não conseguia alcançá-la. Aquela criatura que lhe enriquecera a existência era como uma miragem. Mas ele tinha certeza de que ela havia feito parte da sua vida.

Aos poucos, na presença da visão maravilhosa, foi recordando parte por parte da tragédia que lhe acontecera. Um grito abafado ecoou dentro de si, e a dor de haver perdido tudo quanto mais amava lhe veio subitamente.

— Ah! Meu Deus! — reclamava, — era por isso que aquela tristeza profunda me invadia a alma!

Olhava para a mãe, que se mantinha na mesma atitude, observando-o e parecia receber-lhe os carinhos naquela hora extrema.

Sofria imensamente! As ideias misturadas em sua mente pareciam enlouquecê-lo, mas, quando pensou que ia desfalecer pela pungente dor, viu aquele rosto tão querido da mãe mudando a expressão e seus lábios se abriram para dizer suavemente:

— Deus seja louvado, filho querido. Meu coração agradece infinitamente a oportunidade de trazer-lhe amparo e esclarecimento neste momento de angústia. Não se assuste, isto lhe será, daqui para a frente, muito constante. Você é médium, um intermediário dos espíritos aos homens, por isso pode me ouvir e me ver com tal nitidez. Perdoe-me a emoção, mas a saudade dói tanto em mim, quanto sei que lhe oprime o peito. Venho em nome de Deus transpor as barreiras do invisível a fim de prestar auxílio. Quando conseguir equilibrar-se, se assim o quiser, estenderemos os préstimos a outras pessoas que virão em busca de ajuda. Você se comprometeu com essa tarefa muito antes de vir para a escola terrena, e está chegando a hora de cumprir. Espero que tenha firmeza de propósito, visto que em muito irá contribuir para o seu desenvolvimento espiritual, elevando-o inúmeras vezes, de modo a sentir-se entre o Céu e a Terra.

Fez pequena pausa para medir o efeito de suas palavras e continuou:

— Tudo o que nos aconteceu estava em nossos planos, fazia parte das provas que tínhamos necessidade de passar. Os demais membros de nossa família terrena encontram-se aqui reunidos, em processo de aprendizado e readaptação, aguardando a chegada de vocês dois que ainda estagiam na crosta. Jussara também não veio. Vocês ainda têm muito a aprender e precisam ajudar-se mutuamente. Estude a doutrina que veio de encontro às necessidades de vocês, e não hesite em renunciar aos convites do mal, que sempre nos iludem, confundindo nas decisões mais importantes. Aplique-se ao aprendizado sério e prepare-se adequadamente. Jussara virá ao seu encontro e o amor que sempre os uniu lhes cobrará renúncias dolorosas. Preserve acima de tudo os valores morais que aprendeu desde o berço e, divida com ela as dádivas abençoadas que a vida lhe oferecer. Tenha certeza de que estaremos também trabalhando pelo crescimento de todos vocês, amenizando sempre que possível, a dor na passagem pelos caminhos espinhosos. Deixo-o na paz de nosso Mestre e que seus caminhos sejam sempre iluminados por ele.

Assim dizendo, a imagem foi se apagando lentamente até desaparecer, deixando Antônio mergulhado num êxtase de dor e alegria, de amor e saudade.

Em sua cabeça ainda jovem fervilhavam os pensamentos.

A tragédia vivida na fazenda, o vulcão, a procura e a solidão na qual se abandonou ainda desfilavam como peças quebradas de uma só cena. A alegria daquela visita amorosa misturava-se à tristeza da confirmação da morte de todos. Todos não, Jussara não estava com eles. Sua irmãzinha caçula, tão querida! Se não estava com eles, certamente estaria em algum lugar da Itália, mas onde? Com quem?

Como teria escapado àquela correria com vida, quando nem mesmo seu pai, homem forte e experiente conseguira? E como ela teria sido salva? Não estava entre os que fugiram pela montanha. Por onde teria saído e onde estaria agora? Precisava encontrá-la. Precisava voltar para buscá-la.

Entrou rapidamente, e abordou dona Cândida que lidava na cozinha após o jantar, falando muitas coisas ao mesmo tempo, deixando-a assustada sem poder compreender nada.

– Calma, filho! – disse – explique-me direito o que está acontecendo.

Então ele se sentou, tomou um copo de água açucarada que era habitual nessas ocasiões para acalmar-se, e relatou tudo que acontecera e a manifestação da mãe.

— Eu me lembrei de tudo, dona Cândida... Eu me lembrei de tudo. Eles estão todos mortos, eu não tenho mais família. Jussara é a única que escapou como eu, mas deve estar na Itália. Preciso voltar lá para encontrá-la. Se eu, que era bem mais velho ao sofrer tudo aquilo, fiquei doente por tanto tempo... Imagine como ela deve estar sofrendo com sua pouca idade. Preciso voltar e encontrá-la.

— Espere! Acalme-se primeiro. Não é assim que se resolvem as coisas. Antes precisamos analisar tudo e ver o que há de verdade nisso.

— Está dizendo que estou mentindo, dona Cândida? Eu não faria isto.

— Não, Antônio. Desculpe-me. Não foi isto que quis dizer. Mas não podemos acreditar em manifestações sem passá-las antes pelo crivo da razão. Pode ser até que tenha tido alguma perturbação de ordem psíquica que julgue ter sido uma visão espiritual. Sugiro que meditemos sobre o assunto, ou que contemos aos nossos amigos, o senhor Justino e dona Ângela. São mais experientes que nós e nos ajudarão a analisar os fatos com o conhecimento necessário. Acalme-se! Logo estarão aqui para os estudos e então conversaremos. Concorda?

— Sim, a senhora tem razão.

Assim dizendo, oraram e permaneceram em silêncio. Cada um pensando à sua maneira, embora os motivos fossem os mesmos.

Enfim chegaram os amigos para a reunião combinada. Antônio, ansioso, contou tudo o que aconteceu, com detalhes minuciosos.

— Que farei agora, amigos? Como encontrarei minha irmã? Vocês pensam que posso estar enganado? Que não vi minha mãe, ou que não era ela?

— Não sabemos ainda filho, mas vamos raciocinar juntos. Qual a finalidade da revelação que ela lhe fez? Sim, porque espíritos bons só se comunicam com propósitos nobres. Precisamos ter isso sempre em mente. Se forem frívolas ou inúteis, significa que os que as enviaram, não são adiantados como querem parecer. Não creio seja o caso de sua genitora, pelo estilo da aparição e das palavras de consolo e extremado carinho. Certamente existe algo importante nesta história, mesmo que ainda não possamos compreender. Tudo precisa ser avaliado e respeitado, e terá muita serventia em futuro próximo.

— Mas como saber se a comunicação é verdadeira?

— Não há como saber, senão pelo decorrer do tempo e dos acontecimentos. Ou pela espontaneidade de algum outro espírito que decida também auxiliar-nos.

— O que faço agora, seu Justino? Se minha irmã realmente estiver viva eu preciso encontrá-la. Mas não sei como começar a procurá-la. Estamos tão longe de onde tudo aconteceu.

— Não se precipite, Antônio. Iniciemos nossa reunião de hoje e vamos concentrar o pensamento nesta questão. Quem sabe recebamos resposta, ou pelo acréscimo de bondade divina, possamos esclarecer tudo isto.

Assim dizendo, tomou o livro manuscrito copiado de *O Evangelho segundo o Espiritismo* que estava sobre a mesa e começou a ler uma lição sorteada ao acaso. Depois dos comentários feitos por dona Cândida, iniciaram-se os trabalhos de orientação espiritual, com o qual estavam comprometidos. Alguns espíritos se manifestaram, por intermédio de dona Cândida, mas nenhum falou nada sobre o que mais queriam ouvir. Inquirido sobre o assunto, o mentor dos trabalhos disse apenas que a mensagem era verdadeira, e que nada mais poderia adiantar.

Reunidos ao redor da pequena mesa de madeira rústica, ainda emocionados, oraram em agradecimento a Deus pelo conforto recebido através da comunicação, e rogaram ao mesmo tempo auxílio para encontrar a pequena Jussara.

Naquela noite, nem Antônio nem dona Cândida conseguiram dormir. Já estava amanhecendo o novo dia quando rolavam de um lado para outro na cama do pequeno quarto que dividiam.

Nos dias que se sucederam, Antônio, orientado pelo senhor Justino e recebendo apoio do resto do grupo, aplicou-se à educação mediúnica. Logo começou a trabalhar, permitindo que os espíritos usassem seus órgãos visuais e de fala para se comunicarem com o mundo físico. Os mentores espirituais, que por afinidades dirigiam aquelas tarefas, conduziam amorosamente as criaturas infelizes que não conseguiam ouvir nem ver os espíritos que queriam ajudá-los, tal a condição infeliz em que se encontravam. Os esclarecimentos que vinham do orientador da reunião, senhor Justino, eram inspirados por entidades espirituais elevadas que se dispunham ao serviço da caridade. Dona Ângela permanecia sustentando o ambiente com preces constantes e dona Cândida também se entregava ao serviço mediúnico.

Antônio aguardava ansiosamente que mais alguma coisa fosse esclarecida sobre a irmã, mas isso não mais aconteceu. Solicitou os esclarecimentos, por várias vezes, mas apenas teve a confirmação de que fora realmente sua mãe quem se apresentara naquela visão maravilhosa que tivera, sendo, portanto, verídica e que nada mais era permitido acrescentar.

Então juntos decidiram procurar pela menina Jussara com os recursos que lhes eram possíveis. Começaram por escrever para os parentes, amigos, e conhecidos antigos que ainda pudessem estar na Itália, pedindo ajuda, mas nenhum mandou resposta.

Procuraram o consulado italiano, que os atendeu imediatamente, enviando pedido de investigação. Aguardaram muitos meses pela resposta, mas foi negativa. Não havia nenhum registro do aparecimento de criança com a idade e características de Jussara. A situação trágica que assolara aquela região dificultara muito o controle de tudo. Muitas crianças morreram vitimadas de doenças, que se multiplicaram pela desnutrição. Outras tantas ficaram órfãs pela perda dos pais, por causas semelhantes. Nem todos esses óbitos foram devidamente registrados e nem todas as mudanças de tutores oficializadas.

Famílias se revezavam para amparar seus órfãos e não raro, casais sem filhos os adotavam ilegalmente.

Ao embarcar para o Brasil, seu Justino teve que vender o pouco que possuía a preço muito baixo, em virtude da crise econômica da região onde habitara com a família. Lembrou com tristeza da fome e das doenças que assolavam muitas regiões de sua querida e saudosa Itália. Não tinha como ajudar Antônio, eram todos empregados rurais, sem direito a salário. Não tinham como viajar de volta ao país de origem para procurar alguém.

Ouviam muitas histórias de pais que deixaram os filhos na Itália, na esperança de enriquecer e retornar em breve. E agora viam-se impossibilitados de fazê-lo sofrendo imensamente por isso.

Antônio não queria desistir, Jussara era o seu único laço carnal ainda sobrevivente, mas estava difícil obter informações sobre o seu paradeiro. Na aflição de encontrá-la, esqueceu-se de um detalhe muito importante: a mãe dissera que a irmã viria ao encontro dele...

7
DÚVIDAS MINANDO A FONTE

ANTÔNIO PASSOU A SONHAR com a família todas as noites. Ouvia o choro das irmãs menores, e, outras vezes, a impressão de ouvir os risos delas, fazia aumentar a saudade do antigo lar.

Muitas vezes recordava o vulcão e suas lavas descendo e destruindo tudo o que constituiu sua felicidade. Despertava banhado em suor, agitando-se na cama.

Mas se o pesadelo era horrível, a realidade também era dura e cruel.

Antônio era simples, mas a pobreza o incomodava. Não podia vislumbrar qualquer possibilidade de mudar o caminho que seguia inevitavelmente. Queria estudar, mas estava impossibilitado. Queria encontrar a irmã, não tinha meios de fazê-lo. Faltava-lhe tudo, principalmente recursos financeiros.

Até então permanecera passivo porque não havia lembrado dos últimos acontecimentos catastróficos. Mas tão logo pôde inteirar-se da sua situação de órfão passou a descontrolar-se.

Impaciente, revoltava-se com tudo que lhe acontecera. Sentia-se vítima do destino, digno de piedade. Não se conformava com o lugar onde era obrigado a viver, nem com a escassez de alimentos à mesa. E muito menos com o regime de trabalho ao qual se obrigava, sem chance de estudar para um dia melhorar de vida.

Portador de mediunidade ostensiva, nesta invigilância, abandonava suas faculdades às sugestões de espíritos inferiores. Estes lhe transmitiam a sensação dos padecimentos de que eram portadores, e, somando-se aos dele, transformavam-se em sentimentos rebeldes, cada vez mais difíceis de controlar.

Nessas circunstâncias, tornava-se fácil ser localizado pelos vingadores do passado endividado que possuía, sedentos de arrastá-lo novamente ao vício e ao crime, como já haviam compactuado antes.

Até então estivera protegido das investidas pela companhia de pessoas de comportamento reto. Ou seja, a família e os amigos que o adotaram pelo coração, dos quais recebia amparo e orientação mantendo-se em clima suave de pensamentos amorosos.

Se continuasse se dedicando ao estudo e ao trabalho pelo bem, não estaria vulnerável ao ataque das sombras.

Deus faculta, a todo aprendiz disciplinado, lutar pela quitação dos débitos, equipando-os com os instrumentos necessários para o serviço. Mas não realiza por ele, nem obriga nenhum de Seus filhos a exercer funções, mesmo que tenham sido pedidas por ele mesmo. O livre-arbítrio é respeitado.

Assim, quando tomamos o caminho errado, somos intuitivamente alertados. Mas se não quisermos atender a esse apelo divino existente dentro de cada um de nós, logo sofremos as consequências de nossos desvios. A dor, sublime professora, nos leva a buscar novamente a luz do Amor Divino, e no conhecimento de Suas leis de amor, reconhecemos nossos erros.

Com o esforço pessoal no comportamento reto, Antônio criaria em torno de si um verdadeiro escudo protetor que o defenderia dos inimigos. Fora ele mesmo quem pedira essa oportunidade. Conhecia a dimensão de suas faltas com as Leis Divinas, e para repará-las precisava daquela oportunidade que o Pai misericordioso lhe confiara.

Mas não foi forte o bastante. Os desvios do pensamento traziam-lhe intrusos espirituais, os quais se aproveitavam de sua vulnerabilidade, inspirando-lhe ideias infelizes e conselhos perniciosos, os quais ele assimilava, pensando que eram pensamentos seus.

Passou a se dispersar durante as leituras edificantes e os estudos que lhe fortaleceriam o espírito carente. E como consequência, sentia-se mal nas reuniões.

Já não se preparava adequadamente para o trabalho sério que realizavam ali, e frequentemente arranjava desculpas para esquivar-se dele.

Inquirido algumas vezes por dona Cândida sobre o comportamento imprudente que estava tendo nos últimos tempos, ele respondia com grosseria. Não raro saía batendo a porta, deixando-a inquieta, entre preocupações e lágrimas.

Seu Justino, ocupando o lugar de pai e amigo, convidou-o a uma conversa franca. Tentou despertá-lo para os compromissos, mas Antônio se tornava cada vez mais inquieto e disposto a abandonar tudo.

Comunicava-se com palavras inadequadas e lançava dúvidas em tudo o que lhe era transmitido. Duvidava até da mensagem que recebera da mãe. Esperava que ela voltasse para adiantar-lhe o que deveria fazer e onde encontrar a irmã. Nas últimas reuniões que participara, fizera perguntas duvidosas aos espíritos que os assistiam. Pedia-lhes favores pessoais e queria respostas imediatas e certeiras que facilitassem sua vida. Não tinham por norma esse tipo de comportamento, que deixava a todos constrangidos. Como não obtivesse resposta às suas errôneas investidas, Antônio entregava-se ao desânimo.

— Antônio, pense comigo — dizia bondosamente senhor Justino — quando um espírito elevado faz uso de nosso aparelho mediúnico para transmitir revelações, é porque tem uma razão nobre para fazê-lo. Não podemos nos perturbar com isso. Somos muito pequenos diante da grandeza divina e precisamos muito da ajuda dos irmãos mais adiantados que nós. Eles vêm por bondade e simpatia auxiliar-nos, mas não estão aqui para resolver causas frívolas nem prestar favores pessoais. Há tanta dor envolvendo a humanidade que o tempo disponível deve ser dirigido aos que sofrem e necessitam de amparo e cuidados especiais. Você está pedindo coisas fúteis, eles não poderão atendê-lo. Quanto ao paradeiro de sua irmã, sua mãe disse que ela virá ao seu encontro. Tudo que deve fazer é aguardar e ficar atento. Não se atenha à perturbação, só o tempo vai lhe dar as respostas que precisa. Não despreze o esforço de sua mãe, que lhe trouxe o recado amoroso. Saiba aguardar o momento certo e verá que ele terá muita serventia no futuro. Ore, vigie e entregue a Deus suas aflições, na confiança de receber o socorro ou o esclarecimento no momento certo. Os espíritos não estão ligados a nós para nos facilitar as tarefas diárias e sim para realizar, por nosso intermédio, tarefas mais nobres e consoladoras.

Fez pequena pausa e logo continuou:

— Você está se deixando levar por entidades que não querem seu bem, e sim destruir o que de bom há em você. Lute, filho! Não se entregue agora, que já venceu tantas batalhas. Somos todos devedores do passado, cometemos atrocidades. E agora, os comparsas que se sentiram privados de nossa companhia ou os credores aos quais fizemos algum mal, cobram nossas dívidas. Não podemos lutar contra eles, mas podemos ser vigilantes e perseverantes no bem e Deus nos protegerá das investidas maldosas. Vamos fazer uma prece e você se sentirá bem melhor.

Falando assim fechou os olhos e rogou a Jesus que lhe enviasse o recurso do passe, impondo suas mãos treinadas a doar energias, às quais mesclando-se aos fluidos elaborados pelos trabalhadores espirituais sempre atentos às necessidades, acalmou nosso jovem impaciente de modo que ele desejou descansar e dormiu profundamente assim que se despediram.

Depois disso houve ligeira modificação no comportamento de Antônio. No dia seguinte acordou mais dócil, tratando bem dona Cândida, coisa que já não fazia há muito.

Passou o dia trabalhando calado, pensativo. Regressou para casa quando o sol se escondeu atrás dos montes, bordando no céu um laranja vivo que contornava as poucas nuvens aparentes. Era um espetáculo da natureza oferecido aos olhos humanos, por acréscimo da bondade divina.

Aquela semana finalizou-se tranquila e Antônio parecia mais calmo. Mas era só aparência.

Questionava a comunicação da mãe e o trabalho religioso que os amigos praticavam. Queria receber ajuda dos espíritos para resolver seus problemas imediatos. Não queria compreender que os espíritos amigos, não se prestavam a causas frívolas. Estavam a oferecer-lhe a semente para plantio, não o fruto da colheita. Deveria guardar aquelas experiências com carinho e cuidar para que não se depreciassem com o tempo. Aproveitar a oportunidade e trabalhar muito para extirpar de seu ser as enfermidades espirituais que trazia do passado, tal qual a plantinha tenra rompe a terra, saindo da semente velha e escura para crescer em direção à luz do sol.

Antônio estava em conflito interior. Conhecia o bem e vivia cercado por pessoas idôneas que lhe impunham rígida disciplina, mas sofria investidas das amizades do pretérito infeliz que vivera. Estes companheiros ainda desencarnados assediavam-no, tentando arrastá-lo para o caminho antes percorrido.

Assim, pensamentos infelizes surgiam como línguas de fogo a lhe queimar o espírito doentio. Difícil rejeitá-los, pois representavam um refúgio à sua realidade triste, um convite irrecusável de promessas sedutoras de liberdade e felicidade imediatas.

Como não encontrasse respaldo para suas contradições no ambiente doméstico, começou a buscar companhias de sua idade fora dele. Passou a ansiar por diversões e prazeres que antes não lhe faziam falta. Assim aproximou-se de amigos desregrados. Já não participava mais das reuniões alegando ocupações fúteis. Passou a desprezar a sementeira cuidadosamente preparada dentro de si pelos amigos verdadeiros, que lhe queriam bem. Afastava-se do lar frequentemente e, nessas ocasiões, buscava jovens de outras localidades. Nos ambientes menos saudáveis começou a beber em companhia dos novos amigos.

Enquanto a situação se tornava perigosa, não lhe faltaram conselhos de seus amigos e também dos espíritos. Estes, abordavam-no em desdobramento pelo sono, para transmitir-lhe lições valiosas. Mas estava cego para o que via, e fazia-se de surdo para não ouvir o que não queria.

Acreditava-se escravizado pelos patrões, precisava mudar tudo para começar a ganhar dinheiro. Não obstante os conselhos da mãe adotiva, que lhe falava com propriedade pela experiência adquirida, ele resolveu partir.

A faculdade mediúnica, da qual era dotado, expunha-o, pela percepção avantajada, aos conselhos de espíritos diversificados. Caber-lhe-ia, pelo seu conteúdo moral, fazer a seleção das influências, desprezando as que não condiziam com as verdades que já conhecia.

Devia exercitar a responsabilidade no trato do dom mediúnico que aflorava e que lhe traria alegrias imensuráveis, se usada em prol de seu adiantamento, e das criaturas necessitadas, quer do mundo físico ou espiritual.

Mas Antônio, não obstante o suporte moral recebido desde a infância, que continuou apesar da orfandade, estava disposto a seguir o caminho mais largo e fácil dos prazeres mundanos, aos quais começava a se entregar com entusiasmo.

Criaturas que conviveram com ele em tempos remotos nas esferas inferiores, onde passou muito tempo antes que resolvesse se recuperar dos erros cometidos, sentiram-se traídas quando ele optou pela recuperação no plano espiritual. Antes, companheiros de folias, cometiam atrocidades inenarráveis, até que o cansaço levou Antônio a buscar a reparação e retomar seu crescimento espiritual, que ele havia estacionado frente aos desregramentos. Os antigos companheiros não se conformaram e, sentindo-se despejados da vida do companheiro, tentavam arrastá-lo novamente aos vícios de outrora.

Na colônia espiritual onde Antônio fora recolhido, antes desta encarnação, era impossível o acesso aos que não desejassem o mesmo, ficando, os comparsas, isolados e raivosos. Mas, sem desistir, ficavam por perto aguardando, vigilantes, a oportunidade de agir. Certos de que ele reencarnaria, procuraram-no até conseguir localizá-lo revestido de nova roupagem carnal, na figura de Antônio. Ainda assim não lhe tiveram acesso, pois se encontrava sob a custódia protetora dos pais, pessoas de bons hábitos, cujos méritos se estendiam sobre a prole ainda na tenra idade.

Quando se separou deles por ocasião do desenlace, a Providência Divina facultou-lhe dona Cândida, não menos elevada moralmente, que continuou exercendo o papel de mãe protetora até que ele alcançasse a idade adulta e já pudesse decidir por si sobre o futuro que desejava.

Desabrochando a mediunidade, se decidisse servir em nome de Jesus, continuaria com a proteção dos bons espíritos, atraídos pela elevação moral e espiritual de seu tutelado, diante do estudo constante e do trabalho caritativo. Mas vacilou e abandonou os princípios básicos que já conhecia, enveredando-se por caminhos largos, cheios de atrativos superficiais, que o expôs às investidas dos credores do passado.

Queria ser rico, esquecer a tragédia com a família e começar a viver, como dizia aos novos amigos, com os quais convivia agora.

Mesmo tendo recebido as maiores provas da sobrevivência da alma, após a morte do corpo físico, se recusava a seguir o caminho indicado para o progresso necessário. Porque, na verdade, ele se negava a continuar lutando para vencer as provas, que julgava injustas e dolorosas demais.

Assim foi se afastando de tudo que o prendia aos bons ensinamentos e terminou por mudar-se para a cidade, com a desculpa de estudar.

Convenceu dona Cândida, de que, com os novos amigos arranjaria trabalho melhor, dividindo com eles as despesas de uma pequena casa onde iriam morar.

Ela não podia fazer mais para detê-lo. Era analfabeta, não possuía riqueza que não fosse a espiritual, que Antônio ainda não estava preparado para valorizar. Não tinha força para segurá-lo. Amava-o verdadeiramente, mas não tinha sobre ele a autoridade de mãe legítima, como ele afirmava com insistência nos últimos tempos.

Assim, orou por ele tanto quanto seu pensamento o buscava na saudade e na dor imensurável do abandono inesperado.

Ele era o que lhe restou do passado feliz que tivera. Por ele, reunira forças para lutar e vencer os obstáculos difíceis que atravessaram seus caminhos. Sentia sua falta e chorava inconsolável pelo triste desvio do bom caminho que ele escolhera, e do qual ninguém conseguiu convencê-lo a livrar-se.

Apesar da dor, ela continuou sua vida de trabalho, tentando transformar a desilusão destilada em lágrimas nas terras brasileiras em serviço acolhedor ao próximo.

Não fossem os conhecimentos espíritas recebidos ao longo daqueles anos e teria sucumbido ao golpe. A ideia de acabar com a vida lhe era soprada com frequência, quando se desequilibrava nas emoções. Mas graças a Deus sabia exercer a vigilância e ver que aquela não era a solução para suas dores.

Aprendera a respeitar o corpo que lhe servia de instrumento ao aperfeiçoamento e aprendizado na Terra, e jamais faria algo para molestá-lo. Amava a Deus e não queria desrespeitá-Lo com suas fraquezas. Trabalhava arduamente no campo, em serviço pesado para a sua idade, e nas horas de folga, cuidava dos doentes e necessitados dos arredores que precisavam de seus préstimos, aplicando-lhes passes reconfortadores. Chamavam-na de "benzedeira" e dessa forma aceitavam a valiosa ajuda que podia prestar. Os enfermos, na sua maioria pobres, não tinham assistência médica, por isso ela fazia remédios com plantas e raízes, conforme orientação que recebia dos espíritos. Assim pôde suportar a ausência de Antônio.

8

A DOR E SUA FINALIDADE BENÉFICA

ALGUNS ANOS SE PASSARAM e o nosso jovem começou a sentir o peso da decisão errada.

Não conseguira o trabalho com alta remuneração como sonhara e a escola ficou para depois. Até conseguiu reiniciar os estudos, mas, como nenhum dos companheiros estudava, ele se tornou o centro das chacotas, principalmente quando tinha que recusar os convites para as noitadas. Logo se cansou e desistiu também. Viviam de farra e bebida, nenhuma responsabilidade e muita diversão. Ninguém trabalhava fixo em lugar algum. Quando faltava o dinheiro para sustentar os vícios, faziam algum trabalho avulso ou furtavam comida, cigarros, bebida que era basicamente o que precisavam para sobreviver na ociosidade que elegeram como padrão de felicidade.

Antônio estava ficando doente. Sentia dores localizadas em várias partes do corpo, e não tinha assistência médica para se tratar.

Dores de cabeça constantes e, às vezes, tinha crises

nervosas tornando-se agressivo. Seus companheiros não o compreendiam e quando ele se excedia, espancavam-no, sem se importarem com seu problema de saúde, que se agravava a cada dia.

Eram oito pessoas dividindo o espaço no pequeno imóvel que se desmanchava pelo desleixo. Todos eram usuários de grande quantidade de bebidas alcoólicas, tornando assim a convivência ainda mais difícil.

Antônio tinha pesadelos constantes, e um deles, especificamente, onde se via com um corpo diferente ateando fogo em uma taberna. Havia um homem no meio das labaredas pedindo-lhe ajuda. Ele, frio, ficava olhando, até que a criatura perdesse as forças. Acordava gritando, agitado e molhado de suor. Mesmo de olhos abertos, a cena continuava a passar pelo seu pensamento sem que a pudesse apagar.

Outras vezes o corpo incendiado se debatia e os olhos súplices rogava sua ajuda. Penalizado queria ajudá-lo, mas não conseguia se mover, enquanto a vítima morria acusando-o daquela dor.

Não podia compreender porque sonhava tantas vezes com a mesma coisa. Sentia-se mal todas as vezes que o sonho se repetia, e passava o dia envolvido em pensamentos estranhos, depressivos, sem forças para reagir.

Numa discussão costumeira com o líder do grupo, que estava farto de seus achaques, dado a sua debilidade física, apanhou muito, e foi atirado à rua, expulso do cortiço onde habitava.

Ficou muito machucado. Depois de algum tempo tentando se refazer, saiu perambulando pela grande cidade sem ter para onde ir. Acomodou-se num canto escuro de uma casa aparentemente abandonada.

Sangrando muito e cheio de hematomas, pelos ferimentos recebidos, ali gemeu horas seguidas sem socorro. Os pensamentos se misturavam em sua mente insana. Chamava pela mãe, como se fosse ainda criança, esperando que ela viesse em seu auxílio. A verdade é que ele a sentia intuitivamente ao seu lado, embora, por causa das escolhas erradas, já não conseguisse mais vê-la nem ouvi-la.

Chorou muito, sem ter consciência de que a doce criatura se postara ali junto ao filho amado, tentando com suas forças reanimá-lo, aconselhando-o a deixar aquele caminho errado que escolhera.

Não obstante a proximidade dela com seu halo de luz irradiando fluidos benéficos sobre ele, criaturas sombrias aguardavam a curta distância, disputando-lhe o pensamento parcialmente dominado pelo acúmulo de tóxicos ingeridos. Estes exalavam vapores deletérios, dos quais os espíritos infelizes estavam habituados a se nutrir. Antônio recebia os benefícios da genitora e, às vezes desejava se livrar daquela situação, na qual estava por escolha própria, mas ainda não tinha forças para resistir aos chamados dos companheiros.

Estava comprometido com eles e, no íntimo comprazia-se com as artimanhas que realizavam em parceria. Não queria desvencilhar-se totalmente. Desejava apenas o alívio imediato, e tão logo o tivesse, voltaria a buscar esses prazeres.

Fortalecia-se nele a ligação com as criaturas infelizes, a ponto de tornar-se uma obsessão.

Já era tarde quando passou por ali velho companheiro de botequim e, vendo Antônio ali deitado a lamentar-se, ferido, ajudou-o a erguer-se e praticamente o arrastou para sua casa, prestando-lhe os primeiros socorros. Depois conversou com ele durante longo tempo, e convenceu-o a buscar ajuda num local onde ele costumava frequentar.

Tratava-se de um templo religioso e o objetivo era exercer a mediunidade em favor dos que ali buscavam auxílio. Mas pela falta de conhecimento e idoneidade moral de seus trabalhadores, acabavam por atrair a participação de entidades que, vibrando na mesma sintonia, atendiam aos pedidos mais frívolos, principalmente de ordem material e pessoal, e encantavam os assistentes com os resultados imediatos oferecidos.

Essas entidades eram exímias conhecedoras dos desejos escusos e sempre urgentes das pessoas que as procuravam. Satisfazendo algumas necessidades de seus "clientes," impressionavam-nos, e acabavam por prendê-los em troca de favores, sempre sem propósitos edificantes. Quando a vítima estava totalmente envolvida, dependente da ajuda para a obtenção de facilidades ilícitas, então começavam as cobranças para satisfazer as necessidades dos espíritos que, ainda presos às necessidades materiais pelo estado precário frente a evolução moral, desejavam satisfazer seus antigos vícios para os quais não tinham mais o corpo físico, precisando, portanto, de encarnados que se prestassem a fazê-lo.

Assim exigiam, em troca dos favores prestados, oferendas materiais, rituais muitas vezes macabros, regados a sangue de animais, comidas e bebidas, para continuarem a garantir-lhes a proteção contra os perigos que afirmavam existir em seus caminhos.

Pessoas procurando resolver suas dificuldades diante da vida penosa que julgavam levar compareciam, angustiadas, pedindo ingresso no imenso rol de protegidos, ignorando os encargos que viriam depois de conseguirem, de forma fácil e direta, o que precisavam.

Mas havia também ali, aqueles que buscavam ajuda para suas dores graves e verdadeiras com sérios propósitos, e nem por isso ficavam sem o socorro desinteressado e urgente. Criaturas iluminadas também atendiam amenizando, na medida do possível, os sofrimentos dos que traziam a pureza de coração. Ali compareciam para assistir e influenciar beneficamente os encarnados e desencarnados que ali se juntavam, derramando seus benefícios que, aos poucos, ia moldando a equipe de trabalho para um dia atingir a finalidade edificante para a qual a mediunidade era dada aos homens.

O conjunto das vozes, misturadas ao som dos instrumentos, compunham barulho ensurdecedor, enquanto o ambiente exalava forte cheiro de ervas, bebidas e fumo. Em meio à confusão, alguém viu que Antônio chegara amparado pelo amigo e convidou-o a entrar e se acomodar, aguardando a chegada triunfal do dirigente maior.

De repente muitas pessoas se deslocaram de seus lugares, formando um círculo ao redor de um homem forte e alto, que se vestia também de forma exótica. E o ritmo da música aumentou freneticamente, enquanto ele se retorcia dizendo palavras desconexas sob a influência da criatura espiritual que o acompanhava em simbiose fluídica.

Depois de um ritual místico, o homem sentou-se em um lugar que parecia estar reservado a ele e ordenou que trouxessem os necessitados em busca de suas orientações.

Enquanto vasta fila começava a caminhar rumo ao atendimento especializado, Antônio, sentindo dores nos ferimentos, queria o alívio, mas estava assustado. Nunca tinha visto coisa parecida. Já conhecia a psicofonia, mas não daquela forma.

Não conseguia ficar de pé sem ajuda do companheiro que o trouxera. Desejou sair correndo e ir embora, mas o amigo acreditava estar ali, a solução de seus problemas, e o encorajava, amparando-o.

Meio inebriado pelo cheiro aspirado das ervas alucinógenas ali queimadas, foi se entregando ao ritmo dos tambores. Recordou-se da mãe, e as lágrimas lhe vieram aos olhos. Depois recordou-se de dona Cândida, dos vizinhos e amigos que vieram da Itália com eles. Novamente desejou sair correndo dali, mas quando deu por si não havia mais tempo. O orientador reclamava pela demora, pois era sua vez de entrar na roda para atendimento. Sem perda de tempo os auxiliares do trabalho foram conduzindo-o com braços fortes, segurando-o firme, ordenando-lhe que se sentasse.

Acomodado na espécie de poltrona, o homem, em transe visível, estendeu as mãos em direção à sua cabeça.

Havia muitas entidades espirituais ali disputando o serviço. Umas tinham aparência horrível, portavam-se de modo quase infantil lutando pela vez de agir. Outras ficavam quietas como que embriagadas, olhando para determinadas pessoas às quais estavam intimamente imantadas. Era visível que as intenções não eram boas.

Não obstante o esforço da mãe de Antônio intuindo-o para que não entrasse naquela sintonia, ele estava confuso e, ao mesmo tempo, encantado com aquilo que se assemelhava ao seu comportamento dos últimos tempos.

Então, percebendo o risco de perdê-lo para aquela criatura iluminada e tentando anular qualquer tentativa de fuga, o espírito que estava bem ligado ao médium, usando voz firme, se fez ouvir dizendo:

— "Você precisa trabalhar, tem mediunidade, por isso sofre. Precisa desenvolver, mas tem que decidir a quem quer servir. Aqui podemos ajudá-lo e todos os seus problemas se resolverão. Não brincamos em serviço. O resultado aparece imediatamente. Há muita coisa ruim sobre você. Tem muita gente invejosa querendo prejudicar, mas podemos dar um jeito. Volte aqui na próxima reunião, e traga as coisas que vou relacionar e faço a limpeza necessária. Ficará livre do que está incomodando. Gostei de você, podemos ser amigos ou inimigos, é só escolher. Se fizer tudo direitinho, ficarei ao seu lado para o que precisar. Tenho muitos servidores que trabalham para mim, e vou pôr um de olho em você. Podemos fazer um acordo, eu o ajudo e você me paga pelo meu serviço. Para ver como sou camarada, desta vez nem vou cobrar nada. Pode ir e pense no que falei."

Antônio levantou com dificuldade, caminhou mais alguns passos amparado pelo amigo, e sentou-se no final do salão onde as pessoas cantavam e dançavam. Seu pensamento trabalhava sem parar. Não conseguia organizar as ideias.

Na confusão de sua mente, numa fração de segundos, pareceu-lhe ver a imagem de sua mãe carnal, como a viu suavemente naquela noite em que recobrou a memória apagada pelos acontecimentos trágicos da infância. Recordou o lar de dona Cândida e das reuniões nas quais estudavam e praticavam o auxílio aos necessitados de uma forma muito diferente do que acabara de presenciar, e teve novamente o impulso de sair correndo dali.

Mas suas ideias se misturavam. Estava muito perturbado, e pensava na proposta da entidade, como algo que lhe traria os benefícios imediatos que procurava. Dividido entre o dever e o querer, decidiu não esperar. Nada mais tinha a perder e as lembranças do passado só lhe traziam amarguras.

Já tinha desistido das regras morais que aprendera com os amigos no lar. Eram por demais rígidas, e lhe impunham renúncias e sacrifícios que ele não estava disposto a praticar.

Ali seria diferente. Teria facilidades, pois a entidade manifestante prometeu-lhe contato direto. Era só perguntar e obter a resposta. Se fizesse tudo direitinho, teria um conselheiro espiritual ao seu dispor. Resolveria seus problemas facilmente. Por que não tentar? Saiu animado, esperançoso, disposto a retornar com tudo o que fosse necessário para participar.

Tomada a decisão os pensamentos afloravam e se fortaleciam, somados às inspirações daquelas mentes, ignorantes das leis divinas, que queriam desfrutar de prazeres de toda monta a qualquer custo.

– A entidade que se manifestava pelo médium devia ter grande poder, – pensava. – Não era como aqueles que conhecera na casa de dona Cândida, que não exigiam nada, mas também não ajudavam em nada. Falavam através de enigmas e deixavam a parte mais difícil para os humanos resolverem. Aquilo sim era uma presença forte e objetiva. Talvez os outros não tivessem mesmo a força e o poder que aquele espírito tinha.

Antônio estava ansioso. Queria respostas imediatas. Não tinha paciência para ficar esperando que as coisas caíssem do céu em sua cabeça. Buscava alguém que pudesse dar-lhe as coordenadas e não precisasse ficar quebrando a cabeça para realizar o trabalho que os espíritos poderiam, com facilidade, fazer para ele. Já estava deslumbrado com a ação daquela entidade que parecia interessada em resolver seus problemas em troca de tão pouco...

Ele estava só e não tinha nada a perder. Sem dinheiro, sem família, expulso de sua última morada pelos companheiros. Sentia-se a mais infeliz das criaturas. E agora, graças àquele espírito sabia que tudo de ruim lhe acontecia por culpa de pessoas que desejavam e trabalhavam pelo seu mal, mas iria descobrir quem eram essas pessoas. De agora em diante devolveria o troco certinho àqueles que o fizeram sofrer.

Não conseguia tirar aqueles pensamentos da sua mente atordoada.

Parecia encantado com o que ocorrera, e agradecia ao amigo por tê-lo levado lá, pois era exatamente o que precisava.

Pobre Antônio! Quão equivocado estava! Perturbado, alcoolizado, abandonado pelos companheiros, doente, física e espiritualmente, tornara-se presa fácil de espíritos menos felizes, tão desorientados quanto ele!

Naquela noite foi para a casa do amigo que lhe apresentara o que seria a solução para a sua vida, e ficaram ainda muitas horas conversando sobre os acontecimentos, antes de dormir. Não tinha dinheiro para providenciar o material exigido para o tal trabalho, mas queria fazê-lo. Precisou tomar emprestado, o que não lhe foi difícil.

Beberam mais para comemorar a adesão e depois dormiram até que o sol lhes acordasse com sua luz entrando pela janela que ficara aberta.

No dia marcado ele compareceu ao local portando uma sacola com tudo o que o espírito solicitou por intermédio do médium. Aguardou o término do atendimento para que saíssem procurando o local indicado para fazer o tal trabalho.

Não precisamos descrever os detalhes do acontecido, mas vale dizer, combinava muito bem com os anseios de Antônio, que passou a frequentar assiduamente as reuniões.

Passava os dias vagando de lá para cá, e a noite ia dormir na casa do amigo que também morava só. Não tinha trabalho e nem estudava como prometera à dona Cândida.

Dormia a maior parte do tempo, e raramente se punha a trabalhar, e não se preocupava com isso pois, segundo o novo amigo espiritual, estaria protegido de qualquer transtorno. De agora em diante não precisaria mais temer nada e deveria apenas curtir a vida.

Contava os minutos que faltavam para os trabalhos, do qual participava atento e dedicado.

Logo passou a morar nos fundos da tenda, numa barraca armada precariamente. Mas estava feliz e totalmente entregue aos labores da prática daqueles rituais. Não lhe foi difícil, porque já estava relativamente familiarizado com o processo de comunicação que iniciara no antigo lar. Em pouco tempo já era um dos principais trabalhadores do local, vendendo suas faculdades mediúnicas às pessoas que o procuravam e fazendo-se instrumento das entidades que já o dominavam, quase por completo.

Usavam muita bebida nos rituais frenéticos, banhados pela queima de ervas alucinógenas, provocando muita excitação.

Os seres espirituais que os dirigiam eram, na sua maioria, muito inteligentes. Impunham pelo medo seus desejos que sempre eram realizados. Davam provas de seus poderes, revelando pequenos segredos pessoais, que não lhes era difícil saber, por serem conhecedores dos pensamentos e desejos mais íntimos de seus "pacientes", aos quais vigiavam o tempo todo, e com isso, ganhavam-lhes a confiança.

Ignorantes, porém, das verdades do Evangelho de Jesus, desperdiçavam tempo e talento em obras fúteis, enredando-se pelos caminhos tenebrosos que mais tarde lhes custariam dores cruciais e ranger de dentes.

Antônio usou e abusou dessa posição que lhe trouxe muita glória e brilho perante os homens que o procuravam. Mas também ganhou inimigos incontáveis, tanto entre os homens como entre os espíritos desencarnados que, muitas vezes, se sentiam ludibriados por ele.

Dois anos lhe bastaram para que as entidades o abandonassem, visto que ele já não lhes oferecia a força e o poder do qual se julgava possuidor. Seu corpo ressentido de tantas orgias curvava-se ao peso dos excessos alcoólicos e outros inconfessáveis. Estava ainda mais doente do que quando começou. Questionava os assistentes espirituais que antes o envaideciam com suas falácias, e agora o deixavam sem respostas. Entrou em decadência, e, tão rápido quanto subiu ao poder, foi sua queda. Mas não seria fácil escapar dos compromissos assumidos.

Não estava mais em seu poder a decisão de parar. Insistindo em abandonar tudo, tornou-se mais uma vítima de suas escolhas, vampirizado por entidades trevosas às quais servira até então. Não tinha mais forças, e nem conhecimento para lidar com aquela situação. O mau uso da mediunidade tornou-o vulnerável às influências dos inimigos adquiridos com os atos deploráveis. Dentre eles, credores do passado identificaram-no e tornaram-se cobradores implacáveis, pela lei de ação e reação à qual estamos todos submetidos.

Quanto mais sofria, mais bebia, e quanto mais bebia, mais alimentava, com suas emanações deletérias, os parceiros espirituais, dependentes de seus vícios.

Nos últimos anos aprendera a fumar, beber misturas alcoólicas mais fortes, em doses cada vez maiores. Alimentava-se muito mal e frequentava botequins de baixa categoria, onde eram comuns cenas de violência e maldade.

Obrigado a afastar-se das atividades mediúnicas pela falta de assistência espiritual desejada, foi convidado a se retirar do local onde morava nos últimos tempos e, novamente não tinha para onde ir.

Caminhou por algum tempo andando em círculos e, instintivamente, queria tomar a estrada que levava de volta à fazenda onde residira com dona Cândida. Em seu íntimo, desejava voltar, mas o medo o dominava. Não sabia o que encontraria, e ainda estava muito longe para chegar lá nas condições em que se encontrava.

Estaria ela ainda no mesmo local? E como o receberia depois de tanto tempo sem sequer dar notícias. Afinal retribuíra com ingratidão e descaso a tantos cuidados. Lembrava-se de como ficara inválido, logo após a perda da família, e da dedicação daquela mulher que não tinha obrigação alguma de cuidar dele, enfrentando privações e humilhações para ajudá-lo. Aquele sim era amor verdadeiro! Ele não merecia perdão pelo que fizera àquele coração que só lhe dera amor.

Num lance de lucidez, arrependia-se de tudo o que fizera nos últimos tempos. Desejava voltar ao passado e mudar as últimas atitudes. Sofria imensamente na situação em que se encontrava. Apagar tudo da mente era o que mais desejava no momento.

O silêncio da noite o incomodava. Parecia sentir arrepios e ouvir criaturas horripilantes a acompanhá-lo. Parou de caminhar e encostou-se numa árvore à beira do caminho, tapando os ouvidos para não ouvir o som ensurdecedor da noite, cortados apenas por alguns uivos de cachorros e pássaros de hábitos noturnos que emitiam sons tristes, sombrios e apavorantes.

Sentiu medo como há muito não experimentava e teve vontade de sair correndo, gritando para obter o socorro de alguém que o livrasse das imagens horríveis que lhe dominavam a mente. Mas não adiantava gritar, estava muito longe de qualquer habitação, andando a esmo entre estradas de fazendas e a escuridão era quase total.

Então, em meio ao desespero olhou para o céu e, num fragmento de lucidez raro diante do estado de obsessão no qual se encontrava, percebeu como a noite estava linda. Apesar de sua tristeza, as estrelas pareciam tão próximas e apenas a lua iluminava, palidamente, o caminho solitário por onde ele queria tanto poder retornar. Com o pensamento perturbado entre suas angústias e a visão majestosa daquela beleza natural, sentiu uma brisa suave roçar-lhe o rosto e depois o corpo todo. E por algum tempo deixou-se envolver pelas energias que lhe beneficiavam a alma cansada de desatinos e sofrimento.

- Mãe! - murmurou. - Mãe, venha me socorrer. Estou perdido.

Mas só obteve o silêncio como resposta. Suas pernas, que antes doíam muito, estavam adormecidas. A cabeça livrou-se da pressão que parecia esmagá-la e sentia o corpo todo tomado por agradável sensação de bem-estar que não queria perder. Olhou mais uma vez para o céu e pensou:

— Onde estaria Deus nessa imensidão? Poderia Ele ver meu estado? Estaria a olhar para esse pobre desditoso neste momento? E se pudesse, qual pena me seria atribuída pelos meus últimos atos?

Esfregou os olhos cansados e não queria pensar nisso agora. Estava recebendo uma trégua diante das suas dores, e isso lhe vinha em boa hora. Precisava aproveitar cada segundo daquela paz tão escassa em seus dias. Sabia que a mãe, benfeitora incansável, deveria estar ao seu lado, mas perdera a condição de vê-la. Sentindo-se acariciado por mão levíssima e suave, acomodou-se no chão forrado de folhas à beira da estrada, e ainda sob a influência da bondosa criatura espiritual, que afugentava temporariamente os inimigos, chorou copiosamente. Depois orou como não fazia há muito tempo e adormeceu ali mesmo. Ao desdobrar-se pelo sono, recebeu lições valiosas para refletir sobre suas decisões e atitudes, considerando que ainda havia tempo de mudar o rumo de sua trajetória.

As horas passaram. A noite estava pouco iluminada pela luz da lua parcialmente aparente no céu majestoso, e Antônio não foi visto pelo condutor de um carro puxado por animais que passava apressado por ali e sem premeditar passou com uma das rodas sobre ele, que enroscando arrastou-o até conseguir parar.

O homem assustado, parou e como ele não pudesse responder sobre sua identidade, colocou-o sobre seu veículo e levou-o consigo para sua residência, com a finalidade de prestar-lhe o socorro mais urgente.

Morava em pequena herdade próxima à cidade de São Paulo, mas numa época de escassez, não tinha facilidades econômicas. Trabalhava muito para conseguir o sustento, mas esbanjava solidariedade e amor ao próximo. A casa era muito simples, pobre, mas cheia de luzes espirituais que vinham de seus ocupantes, a família do causador do acidente. Um grupo de pessoas que se deixavam dirigir pelo amor divino. Cultivando hábitos saudáveis, viviam em harmonia e isso ofereceu campo favorável à recuperação do rapaz, que necessitava mais de assistência espiritual do que propriamente do recurso físico.

Acomodaram-no num quartinho onde depositavam as frutas para o amadurecimento. Era o único cômodo onde cabia a cama improvisada de caixotes com colchão recheado de capim, que lhe fizeram com carinho. Ficava anexo à casa e Antônio permaneceu sob os cuidados e vigílias de todos. Condoídos de seu estado, além de se revezarem nos cuidados, também o envolviam com orações constantes. Tudo faziam por reparar todos os danos físicos e morais que o chefe daquela família, sem querer, causou àquela pobre criatura.

Naqueles quinze dias de assistência contínua, envolveram-se emocionalmente. Pareciam conhecê-lo há muito tempo.

Logo Antônio se sentiu fortalecido. Sabia que precisava partir, não queria abusar da hospitalidade, mas, não tinha para onde ir.

Ciente da sua verdadeira situação, senhor Olavo, a alma boa que o amparava naquele sítio, não permitiu que ele saísse sem rumo. Propôs-lhe que ficasse mais um pouco, e, se tivesse condição, poderia auxiliar nos trabalhos diversos, os quais todos executavam juntos.

Apesar do pouco tempo que estagiava ali, muita coisa dentro dele mudara.

Há muito não trabalhava, mas sentia-se bem em executar pequenas tarefas junto àquelas pessoas afeiçoadas e tão bem-dispostas. Aquele lar não lhe provia apenas sustentação para suas fraquezas físicas, mas amparo contra as investidas dos espíritos desorientados com os quais se compactuara.

Arrependia-se de algumas coisas que fizera equivocado, e de outras que, mesmo sabendo erradas, deliberou fazer.

Parecia ter, em tão pouco tempo, reencontrado o verdadeiro sentido de viver em família. Queria esquecer o passado e recuperar o tempo perdido. Sentia muita falta das bebidas alcoólicas. Seu organismo tornara-se dependente, mas junto aos novos amigos, encontrava o apoio necessário para suportar as crises e eliminar o vício ao qual se entregara completamente.

Quatro meses se passaram e Antônio se sentia muito bem. Estava recuperado dos ferimentos do corpo e aos poucos, naquele ambiente sadio, também tratava da alma enferma. Já não sofria tanto com a abstinência do álcool. E os tormentos espirituais, que lhe perturbavam de início, não mais se manifestavam com tanta frequência. Talvez pelas orações constantes feitas diariamente, como hábito dos novos amigos, que o tratavam como se fizesse parte da família.

A confiança crescia entre eles e Antônio não escondia nada de seu passado. Quando contou a eles sobre dona Cândida, foi aconselhado pela matrona da casa, dona Margarete, a procurá-la. Sentia saudades dela, mas faltava-lhe coragem para o retorno ao antigo lar.

As preces do amanhecer e o agradecimento ao anoitecer junto à família acolhedora, lhe traziam uma paz indizível. Estudavam o evangelho e, quanto mais se aprimorava nos conhecimentos religiosos mais se sentia em débito com a mulher que o tomara como filho do coração. Imaginava o quanto ela podia estar sofrendo com sua ingratidão.

Um ano se passou. Antes não se sentia seguro o bastante para deixar o novo lar. Ainda era alvo do ataque dos espíritos trevosos que o perseguiam, preparando-

-lhe situações embaraçosas e arriscadas. Mas depois de ter adquirido novo comportamento, resultante do aprendizado ministrado pelo carinho daquela família de alto valor moral, decidiu não adiar mais a partida, à procura daquela que foi uma verdadeira mãe para ele.

Sua decisão, embora trouxesse a dor da separação, pois já estavam afeiçoados a ele, contou com o apoio de todos.

Era comum as pessoas mais pobres, viajarem de uma localidade a outra a pé.

Antônio estava a mais de cinquenta quilômetros de distância e não poderia vencê-la sem fazer paradas para alimentação e descanso. Teria que sair muito cedo para aproveitar melhor o horário de sol mais ameno. Quando a noite chegasse, procuraria um abrigo onde descansar para continuar no dia seguinte. Dona Margarete preparou-lhe um lanche reforçado e alguns suprimentos para a caminhada exaustiva. Era a primeira vez que se ausentava do aconchego daquele lar religioso e protetor, desde o acidente. Ali determinara abandonar os vícios mais graves que adquirira. Junto deles parecia não correr perigos, mas agora estava longe, desprotegido. Pensamentos ruins lhe passavam pela cabeça, e nesses momentos ficava como se estivesse sob o efeito de bebida alcoólica.

Sua aflição aumentava à medida que se distanciava, mas seguia pela estrada, no firme propósito de atingir seu objetivo. Sentiu o cansaço dominar e percebeu que já era muito tarde e mal se dera conta de que a noite descera seu manto, já envolvendo tudo que o rodeava. Avistou, logo à frente, um conjunto de pedras enormes que parecia poder abrigá-lo. Ali poderia ser um bom lugar para passar a noite. Chegando mais perto viu que, acima da primeira pedra, formava uma pequena caverna. Apesar do cansaço subiu e alcançou a entrada, e dominado pelas dores da caminhada exaustiva, jogou-se no chão daquele refúgio abençoado, onde podia se recuperar para continuar no dia seguinte.

Nem se alimentou. Desejava desesperadamente o repouso, mas não conseguia relaxar tal era sua agitação interior. Imagens destorcidas dos pais, das irmãs, da fazenda onde viveu na infância giravam em sua memória atormentando-o. O estrondo do vulcão e o que acontecera depois, parecia voltar-lhe à lembrança. As imagens da caldeira fumegante a jorrar suas lavas sobre tudo o que ele mais amou na vida, colocando um triste final na página mais doce de sua história, passavam por ele como se a tragédia tivesse acontecido recentemente.

Dona Cândida era o único laço que o ligava ao passado. Recordou-se da infância feliz e o trauma vivido aos dez anos e depois o carinho dela a envolvê-lo. Sentiu muita saudade, como nunca havia sentido, desde que deixou seu lar.

Lembrou-se da casa na cidade onde morou com os supostos amigos, dividindo o pequeno espaço e a promiscuidade. Embora vivesse com plena liberdade e muitos prazeres mundanos, jamais conseguira ser feliz ali. Lágrimas corriam pelas faces apertando o coração, numa espécie de arrependimento por ter trocado tanto amor por liberdade e diversões que não conseguiram proporcionar-lhe felicidade alguma.

Em curto espaço de tempo presenciara a morte de muitos amigos em brigas inúteis, sustentando ideias erradas impostas pelas companhias com as quais andavam. Passara fome, frio e necessidade do imprescindível à sobrevivência.

Estava agora com vinte e dois anos. Vivenciara situações que muitos velhos nunca tinham vivido, em experiências mais longas que as dele.

Muitas vezes, depois de alguns tragos com os amigos, pensara em acabar com a vida, mas faltou-lhe coragem. Recordando-se disso murmurava: "Graças a Deus".

Aspirou o ar fresco da noite silenciosa, quebrada às vezes pelos ruídos de animais noturnos. Alegrou-se com aquela paz e, sem que pudesse controlar, as cenas dos acontecimentos de sua vida passavam em seu pensamento sugerindo-lhe um balanço. Sem poder conciliar o sono, ficou pensando e repensando, organizando seus arquivos mentais há tanto tempo desorganizados.

Depois de muitas horas adormeceu, vencido pelo cansaço.

9

Encontro com o passado

ACORDOU COM O SOL iluminando a paisagem rural, que deveria ser apreciada demoradamente, não fosse o peso de algo a deslizar sobre seu corpo. Imóvel tentou olhar e identificou o guizo de uma cascavel que buscava talvez um lugar para se aquecer no sol fora da caverna.

Aterrorizado não conseguia pensar no que fazer. Ficou imóvel esperando que ela saísse, mas ela voltou sua cabeça para o lado de dentro e começou a percorrer lentamente sobre a perna de Antônio, mostrando sua língua para localizar o calor e nortear-se. Sua perna estava curvada e o peso do animal fazia pressão trazendo uma dor insuportável. Ele puxou lentamente, mas o réptil armou-se em posição de ataque, embora parecesse estar tão amedrontado quanto ele. Quase petrificado, o rapaz movia apenas os olhos tentando dominar o terror. Sabia que se não a agredisse teria boa chance de ela ir embora. Mas o pânico o dominou e, não podendo mais se conter, num gesto brusco, repeliu o animal peçonhento com a bolsa que trazia, tentando livrar-se, mas não foi rápido bastante. No frenesi de escapar sentiu a dor da picada e o sangue a descer-lhe pela perna.

Sabia que era venenosa, conhecia o guizo e, em breve, a quantidade de veneno nele injetada começaria a agir contra sua vida.

Estava perdido — pensava. — Precisava de socorro, ou morreria ali sozinho.

O animal embrenhou-se na mata e ele ficou sob forte tensão nervosa, física e psíquica.

Sentiu mais uma vez a presença das criaturas trevosas, a se divertirem com sua aflição.

Ficou temeroso, entendia-se devedor de faltas graves contra as leis de Deus. Mas, se isso o perturbava, também tinha a certeza de que havia se modificado bastante e já não estava mais na mesma sintonia. Se tinha errado muito, também tinha conseguido a oportunidade de reparar alguns erros e era o que queria continuar a fazer. Por isso entregou-se à prece como havia reaprendido no convívio benéfico com a família de seu Olavo. E assim sentiu-se novamente confortado por vibrações animadoras.

Gritou por socorro, mesmo sabendo estar só. Lembrou-se de que em sua infância era comum o aparecimento de cobras na fazenda, que provocavam acidentes semelhantes. Pensou em fazer como o pai, naquelas ocasiões em que presenciara o socorro. Rasgou parte da roupa, amarrando acima da picada. Introduziu ali um pedaço de galho, torcendo e improvisando um torniquete a fim de minimizar a passagem do sangue envenenado para o resto do corpo. Em seguida desceu até a estrada esperando por alguém que pudesse socorrê-lo.

Sentia muita dor, e a visão já parecia turva, quando apareceu na estrada uma charrete aproximando-se rapidamente. Rolou para o lado e amarrou um pedaço de pano no resto do galho que conseguira puxar, fazendo assim uma espécie de bandeira sinalizadora, que o ajudou a ser avistado pelos ocupantes.

Sem que precisasse pedir socorro a condução parou. Desceram dela um senhor distinto acompanhado de uma menina moça que, com bondade e simpatia, ouviram a rápida narração do acontecido:

— Graças a Deus vocês apareceram! Ajudem-me por favor — dizia Antônio em voz enfraquecida. — Uma cobra venenosa me picou e pensei que fosse morrer aqui sozinho.

— Acalme-se, meu rapaz! — dizia o senhor com sotaque italiano — nós o levaremos ao posto médico na cidade e lá então será socorrido como precisa. Aguente firme. Estamos um pouco longe, mas vou apressar os cavalos para que cheguemos depressa.

Assim dizendo, acomodou-o deitado na parte traseira da condução e solicitou à mocinha que o amparasse em seus braços, limpando-lhe o rosto suado e segurando-o para que não caísse visto ser um veículo pequeno demais para carregar alguém deitado.

Sara aquiesceu com a cabeça, sem responder, pondo-se a fazer o que o pai sugerira. Olhou o rosto do rapaz e algo lhe chamou a atenção. Sentiu uma espécie de amargura que vinha do íntimo de seu coração, mas não conseguia detectar o porquê. Reparou como ele era belo, embora estivesse com aspecto de sofrimento, e sentiu vontade de abraçá-lo como se o amasse e o esperasse há tanto tempo. Estranhou a situação em que se via envolvida e tratou de recompor-se. Fora educada com princípios morais rígidos e ruborizava-se só em pensar naquilo. Cuidou dele com bondade, sem pronunciar uma palavra.

Ele por sua vez, embora estivesse em estado febril e doloroso, não deixou de prestar atenção naquele olhar inocente que se desviava do seu envergonhada, e sentiu a mesma atração inexplicável. Por mais que se esforçasse, não conseguiu manter-se acordado até chegar ao posto de socorro. Foi atendido e transferido com urgência para o hospital. Corria sério risco de morte. Precisava de tratamento intensivo. Não teve consciência de nada do que se passou em vários dias, até acordar, depois de reagir heroicamente ao estado letárgico.

Seu corpo estava todo trêmulo. Sentia arrepios e suores frios a lhe percorrer por toda a constituição física. Aos poucos voltavam-lhe as lembranças, como se viessem de um tempo muito distante. Recordava-se vagamente dos últimos acontecimentos quando a febre baixava, mas ainda sentia grande confusão de pensamentos. Permaneceu quatro dias delirando sob os cobertores daquele hospital. Sonhava com cenas de sua infância, mas a protagonista era aquela mocinha presente. Sem forças para reagir ou compreender deixava-se levar pelos devaneios. O amor parecia nascer com toda intensidade em seu ser. Em meio aos sonhos tão doces, apareciam criaturas com as quais dividiu alguns anos de más escolhas, como a cobrar pelos pactos esquecidos, dos quais se arrependia amargamente. As figuras pareciam gargalhar diante de seu corpo inerte, como a regozijar-se com as ações nefastas que diziam ter sido provocadas por eles. Seu único e melhor recurso, do qual felizmente não se esquecera, era a prece, que o mantinha isolado das investidas deles.

Mais alguns dias e já não corria mais risco de morte. Recebia visitas médicas e os enfermeiros cuidavam dele com carinho especial. Lembrava-se agora de tudo o que lhe acontecera, ansiava pela visita especial daquela jovem, mas não sabia se viria. A doce figura dela com aqueles olhinhos vivos, como a implorar silenciosamente para que ele não morresse. Essa recordação lhe sustentou o bom ânimo, dando forças para que lutasse pela vida de forma quase impossível.

Às vezes pensava ter apenas sonhado com ela durante seus delírios e temia que a realidade pudesse apagar as esperanças de voltar a vê-la a qualquer instante. Mas sua imagem voltava-lhe com detalhes que não deixavam dúvidas. Ela existia sim. Chamava-se Sara. Lembrava de seu pai pronunciar seu nome, e aquele rostinho angelical sentindo algo que até então jamais experimentara. Era como se já a amasse há séculos e aquela emoção dominava sua própria vontade.

No sétimo dia de sua convalescença, bateram à porta do quarto simples, mas confortável e limpo. Era o homem que lhe salvara a vida prestando o socorro na hora. Sentimento de gratidão envolveu o coração de Antônio. Lágrimas brotaram de seus olhos, e um nó na garganta o impediram de falar. Mas o encanto foi maior ao olhar para a porta e visualizar a tão sonhada imagem de mulher, que deixou transparecer a mesma emoção mesclada à timidez naquela figura juvenil, onde a beleza desafiava caprichosamente o coração de Antônio.

O homem percebeu a situação e quebrou o silêncio constrangedor falando animado com seu sotaque italiano:

— Olá, meu jovem, bom dia. Como tem passado? Estou muito contente com sua recuperação e confesso que superou minhas expectativas não muito boas a seu respeito. Você é bem forte ou tem uma proteção muito grande. Sinceramente não pensei que fosse sobreviver e estou muito feliz. Oramos pelo seu restabelecimento total, e agora temos que agradecer ao Senhor pela graça que recebemos. Não é, Sara?

Ela apenas concordou com a cabeça e ele continuou:

— Acho que você é como gato, tem sete vidas e deve tê-las gasto todas de uma só vez.

Dizendo isso deu uma boa gargalhada.

Antônio sentiu-se confortado e envolvido pela amizade espontânea que o desconhecido lhe oferecia. Respondeu envergonhado, puxando o cobertor sobre si como se quisesse esconder o conteúdo de seu coração, que parecia revelar os sentimentos em relação à moça.

Tentava disfarçar o tremor de seu corpo pela emoção que a jovem lhe provocava, respirando fundo antes de responder:

— Obrigado, senhor...

— Lourenço — respondeu o homem estendendo-lhe a mão.

Percebendo que Antônio olhava para a jovem, aproximou-a gentilmente do leito dizendo:

— Esta é Sara, minha filha.

Antônio estendeu a mão a ela que lhe correspondeu o desejo, colocando a sua sobre a dele. A mãozinha gelada dizia mais do que qualquer palavra e ele sentiu uma alegria indizível. Beijou-a em sinal de respeito e gratidão, depois soltaram-se desajeitados. Antônio agradeceu a ambos pelo socorro, deixando soluços cortarem suas palavras carregadas de emoção.

— Confesso-lhes que muitas vezes pensei em acabar com a vida, mas quando vi que isso poderia acontecer, desejei mais do que nunca viver.

— Calma, filho! — respondeu o novo amigo! — você ainda é tão jovem para dizer essas coisas! Onde já se viu querer acabar com a vida? Acaso não sabe que ela é dádiva de Deus?

— Sim, eu sei, é que já passei por tantos momentos de desespero! Mas sei também que devo ter merecido esse susto para valorizar o grande tesouro que tenho. Nunca mais vou pensar assim. Jamais voltarei a desejar a morte, seja qual for a minha dor.

— Não pense que se aprende assim tão rápido as lições, mas já é um bom começo.

Mais alguns minutos de conversa e o senhor Lourenço despedia-se desejando pronto restabelecimento ao jovem. Antes de sair, pediu licença para fazer uma prece de agradecimento a Deus. Antônio acompanhou-o respeitosamente, e naquele momento o quarto simples se iluminou com uma cor de indescritível beleza. Fluidos eram derramados em forma de cascatas sobre o trio que ali se encontrava. Ao término, Antônio comovido e envergonhado diante da jovem, não sabia como agradecer tanta bondade. Perdeu-se novamente em palavras encabuladas, carregadas de emoção.

Os dois se retiraram e o coração do jovem entregou-se ao sonho.

Estava apaixonado, não tinha dúvida. A força desse amor que conhecia pela primeira vez, era como se já viesse de tempos remotos, levantando séculos de espera e sofrimento pelo reencontro. Já lhe doía a saudade e desesperou-se com a ideia de, talvez, jamais voltar a vê-la.

Quem seria aquela jovem que lhe invadia a alma sem pedir licença, sem medir dificuldades e sofrimento?

Passou o dia inteiro sem conseguir mudar o pensamento. À noite, rolava de um lado para outro, sem poder conciliar o sono pensando... pensando...

— Quem sou eu para amá-la dessa maneira? Um pobre joão-ninguém deserdado da sorte, sem família, sem dinheiro, sem ter mesmo um lugar para repousar, a pretender uma jovem de fino trato, aparentando ser abastada. Jamais iriam aceitar alguém como eu, um pobretão desvirtuado, cheio de traumas e conflitos. Melhor seria esquecê-la, e hei de conseguir, é o único caminho sem sofrimento para todos.

À noite, lutando contra o sentimento, tentava convencer seu coração de que estava errado. Já era madrugada quando conseguiu dormir.

Acordou mais tarde do que de costume, com a enfermeira batendo à porta, informando-o de que o doutor passaria para examiná-lo dentro de poucos minutos. Se tudo estivesse bem ele poderia deixar o hospital ainda naquela manhã.

Antônio entusiasmou-se com a notícia. Tratou de banhar-se e ficou à espera do laudo médico.

Liberado, vestiu-se com roupas que a enfermeira lhe entregou em nome do senhor Lourenço, que viu as suas rasgadas durante o resgate rápido. Caminhou até a porta que levava à rua, acompanhado pela moça que, prestativa, mostrava o caminho.

Observando as instalações por onde passava, percebeu que se tratava de lugar de luxo e seus direitos não lhe garantiam algo assim.

Aquele homem, na pressa de curá-lo, levou-o ao melhor local. Mas como iria pagar pelo favor recebido?

Preocupou-se e sem saber como agir indagou:

– Quanto devo a vocês pelo que me fizeram? Sou pobre e nada tenho, nem mesmo um emprego. Mas faço questão de pagar de alguma forma. Para isso, trabalharei aqui até que tudo seja ressarcido.

Mas a moça sorridente respondeu:

– Não se preocupe, Antônio, a conta já foi paga. Você está recuperado e isso pode ser considerado um milagre. O que lhe aconteceu já causou muitos óbitos mesmo aqui. O senhor Lourenço fez questão de que fosse tratado com os melhores recursos de que dispúnhamos e deixou, além das roupas que lhe entreguei, uma quantia em dinheiro para você poder chegar até sua casa. Deixou também seu endereço, caso precise dele. E pediu que quando estivesse totalmente recuperado, fosse visitá-lo, o que lhe daria enorme prazer.

E entregando o cartão deixado junto à importância em dinheiro, despediu-se fraternalmente dele, dizendo:

– Não se esqueça de procurá-lo, Antônio, pois amigos assim não se encontram facilmente.

Novamente o rapaz sentiu-se tocado de indizível emoção. Saiu agradecendo a cada um dos funcionários que o acompanharam com tanto carinho e atenção.

– Quem seriam eles? Gentis, caridosos e discretos

— pensava lembrando-se de seus benfeitores, senhor Lourenço e Sara. Tinham sotaque italiano, mas falavam muito bem o português. Deveriam ter alguma fortuna, caso contrário não bancariam tal despesa. Mas se tinham dinheiro, tinham também algo muito mais importante e difícil de se encontrar: solidariedade, bondade e fraternidade dirigindo suas vidas.

A emoção arrancou-lhe lágrimas dos olhos e Antônio fez novo balanço de sua vida até então.

Em seus vinte e dois anos, tinha sofrido muito. Mas também entendia que em sua vida conhecera pessoas boas e caridosas que o ajudaram espontaneamente nos momentos mais difíceis. Lembrou-se de dona Cândida e arrependeu-se outra vez de tê-la abandonado. Sentia sua falta como jamais sentiu naqueles últimos anos. Recordou-se do senhor Justino e dona Ângela, da família de dona Margarete, que o acolhera com tanto amor, conseguindo ajudá-lo a reencontrar o caminho certo. Desprezara conselhos nobres e aprendizados como os que tivera oportunidade de ter quando esteve doente, após a tragédia com o vulcão, e que continuaram a fortalecê-lo no Brasil. Lembrou-se de sua mãe verdadeira, que perdera a vida no acidente. E mesmo depois de habitar outras esferas espirituais, ainda participava de sua educação tentando ajudá-lo com a comunicação mediúnica, desacreditada por ele.

Oh! Deus! Como ela deve ter sofrido quando abandonei meu novo lar com dona Cândida. Agora sabia que tudo aquilo fora verdadeiro. Deveria ter esperado pelas respostas que queria, antes de revoltar-se e sair pelo mundo à procura de aventuras que só lhe trouxeram amarguras.

Olhou para o céu e mentalizou Jesus na forma como lhe ensinaram a senti-lo. Bem perto, usando roupas alvíssimas e com as mãos estendidas, convidando-o a seguir seus ensinamentos. Comoveu-se e chorou. Mentalizou uma prece de agradecimento, pensando por que Deus ainda seria tão bom para um mau filho, como se julgava até então. Quando percebeu já tinha caminhado bastante e aproximava-se da saída da cidade. Desejava ardentemente voltar para dona Cândida, mas antes de tomar qualquer decisão precipitada, levou novamente o pensamento em prece, suplicando:

— Oh, meu Deus! Sei que nada acontece sem uma finalidade que nos enriqueça o entendimento desde que saibamos aproveitar os ensinamentos. Ajuda-me a encontrar novamente o caminho certo! Ajuda-me a corrigir os erros que cometi e que eu não descanse enquanto não puder repará-los e devolver a felicidade às pessoas que tanto me ajudaram.

Seu coração pulsava acelerado e agradecido. À sua volta, invisível aos olhos humanos, formava-se um halo de luz com a presença de entidades sublimes, transmitindo força e coragem ao seu espírito.

Caminhou mais rápido com passos decisivos embora estivesse bem distante de onde pretendia chegar. Ao passar pelo local do acidente com o réptil, ao contrário do que pensava, não teve qualquer sentimento de desagrado. Recordou-se que ali vira pela primeira vez o rostinho doce de Sara, que lhe enternecia o coração.

Gostaria muito de poder procurá-la, falar-lhe de seu imenso amor. Abraçá-la sem permitir que nada a afastasse de seus braços, mas temia esse sentimento. Sabia de sua condição inferior e jamais poderia pretendê-la, não seria justo. Nada tinha a oferecer-lhe. Melhor mesmo seria esquecê-la.

Pretendia pagar cada centavo que o senhor Lourenço depositara naquele hospital. Para isso, trabalharia incansavelmente até conseguir a quantia necessária.

Estava decidido. Procuraria primeiro dona Cândida e pedir-lhe-ia perdão pela ingratidão que lhe fizera. Depois, planejaria como realizar seus anseios. Não tinha tanta certeza de encontrá-la, mas contava com o perdão daquele coração nobre e espírito elevado que era.

Se tivesse uma oportunidade, voltaria aos estudos preparando-se melhor para enfrentar a vida, e sabia que Deus iria ajudá-lo. Mas estava resignado a cumprir os desígnios divinos caso precisasse passar o resto da vida trabalhando ali naquela fazenda.

A caminhada era longa, teria que parar para se alimentar e descansar um pouco. Procurou um local que lhe pareceu mais seguro, comeu o lanche que lhe foi oferecido pelos bondosos funcionários do hospital, quando souberam da distância que ele deveria percorrer. E acomodou-se desta vez longe das pedras, evitando os animais perigosos.

Depois de alguns minutos curtindo a paz daquelas paragens, ouviu o ruído de uma condução lenta que vinha ao longe. Levantou-se e pôde avistá-la no horizonte. Era um carro de bois que transportava troncos de árvores cortadas da mata para uma das fazendas nas imediações. Amistosamente Antônio pediu carona. Foi bem recebido sobre os troncos, fazendo companhia ao condutor que ficou feliz em ter alguém com quem conversar.

Seguiram tagarelando até a entrada da fazenda e despediu-se agradecido e esperançoso. Teve que andar mais alguns quilômetros até avistar as casinhas simples da colônia. Aproximou-se temeroso.

10
O RETORNO

A CASA CONTINUAVA TAL como era antes. Não precisou chamar. Dona Cândida, ao avistá-lo, correu ao seu encontro abraçando-o com carinho e lágrimas de emoção.

Falava muitas coisas ao mesmo tempo, dando vazão à felicidade que sentia. Antônio, de olhos fechados, envolvido no abraço amoroso que tanto sonhara receber nos últimos tempos, limitou-se a agradecer a Deus pela alegria do reencontro.

Sabia que não a merecia, tinha errado muito, mas não podia deixar de alegrar-se ao sentir o carinho tão sincero. Em seu íntimo, prometia ao Pai supremo que jamais deixaria aquele lar e daquele dia em diante seria o filho dos sonhos daquela mulher, que era para ele um anjo de bondade e dedicação.

Os dias que se seguiram foram de muita conversa e desculpas. Antônio sentia-se feliz como não fora desde a infância. Contou à mãe adotiva tudo que se passara desde sua partida. As farras, o alcoolismo, os vícios, o pacto com entidades trevosas. O atropelamento que o colocou nos braços de uma família tão bondosa que lhe devolveu a alegria e a fé em Deus, que já havia perdido. O risco de vida, que correu com o veneno da cobra e os amigos que conheceu na condição adversa, não só o ajudaram a salvar sua vida, como lhe proporcionaram tanto conforto sem nada exigir em troca. Entregou-lhe o dinheiro que o senhor Lourenço lhe deixara para a viagem, e que não precisou usar. Sentiu-se aliviado em voltar a dividir com ela sua vida, prometendo jamais voltar a beber. Procuraria o proprietário da fazenda, que estava sob nova direção, oferecendo-se para qualquer trabalho digno que pudesse lhe prover o sustento. Ficou sabendo da fundação de uma escola para crianças, que atenderia aos adultos no período noturno. Ali compareciam moradores de outras fazendas também, pois era a única que oferecia aquele tipo de ajuda aos que queriam progredir.

Matriculou-se imediatamente com muita vontade de dar continuidade ao aprendizado que interrompera aos dez anos.

Sonhava com Sara todas as noites, e não conseguia esquecê-la durante o dia onde quer que estivesse. Enganava-se dizendo para si mesmo que isto passaria, mas alimentava o secreto desejo de um dia poder reencontrá-la e casarem-se. Sabia que era preciso estudar e progredir muito para ter tal pretensão. Talvez chegasse tarde demais, mas não desistiria.

O início às aulas estava marcado para a próxima semana, e Antônio aguardava ansioso. Tentava recordar as antigas lições aprendidas para facilitar o trabalho da professora que iria conhecer em breve. Seria seu melhor aluno – pensava! – Haveria de recuperar o tempo perdido da melhor maneira possível. Tinha pressa em aprender, só assim sentir-se-ia encorajado a procurar a querida Sara. Guardava com todo carinho o cartão com o endereço que o senhor Lourenço deixara no hospital. Ainda não o havia procurado, mas pretendia fazê-lo em breve. Não antes de poder levar-lhe algum dinheiro como parte do pagamento da grande despesa que lhe devia, referente ao tratamento hospitalar. Esperava tão somente o dia do pagamento para realizar seu desejo.

A semana passou e as aulas começaram. Antônio, depois de exaustivo dia de trabalho compareceu à pequena construção rústica, onde ficava a pequena, mas acolhedora, sala de aula.

Como fosse um dos primeiros a chegar, sentou-se no primeiro lugar, próximo à mesa da professora, que chegou acompanhada de sua filha Sara. Esta deveria também assistir às suas aulas, estagiando como professora, pois estava estudando e se formaria em breve.

Antônio quase desmaiou. Seus olhos encontraram-se com os da jovem e o sorriso de felicidade brotou nos lábios de ambos, envolvidos pelo mesmo sentimento.

A presença da moça encheu seu coração saudoso de alegria inesperada, e as lágrimas quase rolaram pela sua face. A grande custo conseguiu controlar-se.

Aquele encontro, cheio de magia e encantamento, não passou despercebido à mãe, mas na realidade só eles poderiam saber a intensidade da emoção que sentiam.

Feitas as apresentações e as explicações necessárias, dona Arlete pôde compreender melhor o que estava acontecendo. Sabia ser quase impossível mantê-los afastados. Não só desconfiara, como recebera a confissão da filha sobre a paixão que sentia pelo rapaz, que viera a fazer parte de seus sonhos, desde o encontro casual na estrada. A surpresa não podia ter sido melhor.

Dona Arlete, e o senhor Lourenço eram pessoas boníssimas e de uma compreensão inacreditável. Tinham idade já um pouco avançada e estavam casados há muitos anos. Viveram na Itália até não conseguirem mais trabalho. Como não tinham filhos, costumavam preencher o tempo disponível visitando hospitais na Itália. Levavam aos doentes o carinho que lhes sobrava, junto ao conforto material e humano que um bom coração pode proporcionar aos que sofrem.

Conheceram Sara com mais ou menos três anos e se afeiçoaram muito a ela.

Como ela estivesse sozinha e não houvesse nenhuma informação sobre os pais, ficara sob cuidados judiciais até que puderam adotá-la.

Viveram na Itália mais ou menos cinco anos após a adoção e depois que o país foi assaltado por grave crise econômica, resultando no desmoronamento de sua estrutura.

A fome fazia vítimas, a produção de alimentos era insuficiente, e pessoas pereciam contaminadas por doenças que proliferavam devido ao estado de desnutrição geral.

Sentindo-se impotentes para continuar vivendo na Itália diante da situação calamitosa, partiram rumo ao Brasil de onde tinham informações esperançosas de sobrevivência estável e progresso certo. Além disso, amavam tanto a menina e temiam que um dia aparecessem os verdadeiros pais de Sara e eles a perdessem. Em outro país, correriam menor risco.

Assim desembarcaram no Estado de São Paulo, onde se acomodaram por algum tempo. Logo compraram terras com as economias que trouxeram de sua terra natal, e iniciaram o plantio de uvas. Em alguns anos, contavam com boa produção que abastecia o mercado próximo. O senhor Lourenço abriu um pequeno armazém sortindo-o de produtos variados, necessários àquela população pouco exigente, enquanto aguardava o crescimento das videiras. Simpático, sabia agradar os clientes, logo conseguiu boa freguesia, que lhe trouxe lucro seguro, proporcionando-lhe vida estável e razoável conforto.

Não eram ambiciosos, sempre dividiam seu pão com os que podiam menos.

Dona Arlete era professora e não teve dificuldades em aprender a língua portuguesa. Ofereceu seus préstimos para fundar a escola rural na maior fazenda da região, que receberia também alunos de toda a redondeza. Lecionava satisfeita, apesar da baixa remuneração, e foi lá que conheceu Antônio.

A par das informações da filha Sara, simpatizou com o rapaz à primeira vista. Não ofereceu obstáculo algum ao namoro dos jovens, pois percebeu que existia um grande amor entre eles.

Dois anos depois, sob felicidade indizível, Antônio e Sara preparavam-se para casar-se em breve.

Convidado pelo sogro, há algum tempo trabalhava muito para aumentar a produção de uvas naquelas terras férteis, de forma a prover o sustento do lar junto a Sara.

Sabia que a ajuda do senhor Lourenço e dona Arlete eram fundamentais, mas não queria ser um aproveitador. Desdobrava-se em esforço a fim de obter uma vida confortável e cheia de alegrias no futuro.

Era amado e respeitado como verdadeiro filho do casal bondoso e compreensivo. Também estendiam à dona Cândida todo carinho e atenção. Foram convidados a morar na mesma fazenda para poderem cuidar melhor das videiras, mas dona Cândida não quis deixar o local onde já estava habituada a realizar suas tarefas religiosas.

Antônio foi morar com eles e a mãe adotiva passava com eles os finais de semana. Conviviam em harmonia como uma só família, unidos pelos laços de simpatia e amor.

Aos poucos, dona Cândida tinha introduzido ali seus conhecimentos sobre o espiritismo, adquiridos ainda na Itália e aumentados pelo intercâmbio benéfico com os espíritos nas reuniões doutrinárias praticadas no antigo lar junto ao senhor Justino e dona Ângela.

Antônio mostrava-se muito interessado nas lições ensinadas e acrescentava sempre que podia as experiências adquiridas no tempo de ausência do lar. Elas não haviam sido boas, mas ajudava-os a distinguir melhor o certo do errado.

Depois dos estudos, perdia-se em inquietações, enquanto criaturas iluminadas, sem que ele percebesse, trabalhavam-lhe o espírito carente de conhecimentos, que trazia em si uma tarefa muito maior do que a que realizava.

Unidos pela fé e pelo amor, agora, longe das perturbações de outrora, moldava sua vida na retidão da conduta.

Muitas vezes havia comentado sobre o passado, com os futuros sogros, falando das lembranças da Itália, tentando descobrir ligações ou amizades comuns. Mas até então nada apontava para algum conhecimento entre eles ou pessoas do país de origem.

Dona Arlete se lembrava da erupção do vulcão que dizimou muitas vidas nas proximidades da cidade onde morava. Mas não foi a única vez que aconteceu esse tipo de tragédia. Naquele país havia muitos vulcões considerados extintos, e outros que, vez ou outra, entravam em atividades nem sempre previstas.

11
NOVO ALERTA

NAQUELA NOITE DE SÁBADO, depois da prece e comentários evangélicos, dona Cândida já envolvida pelos fluidos do espírito comunicante, passou a transmitir um recado da mãe de Antônio por via mediúnica:

_ "Boa noite, queridos irmãos. É com desvelado amor que venho falar-lhes sobre a necessidade constante de estudo no aprendizado terrestre. Aqui nos deparamos com situações impostas pelas nossas necessidades de correção do passado. Há tarefas mais penosas que só podemos compreender e extrair-lhes a essência benéfica, se tivermos no coração as bases do Evangelho. A felicidade não é deste mundo. Não está nas paixões terrenas nem nas posses que, enganosamente dão a sensação de felicidade. Estagiamos na Terra, onde o sofrimento depurador tem muitos quefazeres em cada um de nós, e não podemos ainda almejar a realização de sonhos mais sublimes. Antônio, meu filho, sei que nutre um grande amor por Sara, recíproco e verdadeiro, e que os envolve há muito mais tempo do que possam imaginar. Mas creiam filhos, há muitas coisas urgentes a serem resolvidas antes que se concretize a união que tanto desejam. Sua irmã está prestes a fazer uma escolha de consequências desastrosas, só você poderá ajudá-la. Peço que relembre e avalie as palavras que lhe disse anteriormente. Como disse antes, ela está reencarnada, mora hoje no mesmo país que os abrigou, para onde veio pelas mesmas razões de vocês. Sua aparência está modificada pelo crescimento, mas lembre-se de que ela tem uma marca que você conhece bem, porque estava presente quando se queimou. Isto talvez o ajude a identificá-la, e é de suma importância que o faça. Ela o encontrará, mas só você poderá reconhecê-la, visto que ela não tem condições de fazê-lo por causa da sua pouca idade quando foi separada da família. Amo-os muito mais do que possam imaginar, e estarei sempre trabalhando pelo progresso de todos vocês, que fazem parte da nossa imensa família do coração, rogando a Deus que os proteja, que os fortaleça e que dê a todos a compreensão necessária para fazer sempre o melhor".

Assim terminando, a entidade afastou-se. Todos ficaram calados, e Antônio chorava emocionado e agradecido pela presença daquela que lhe ensinara os primeiros passos nesta vida, e mesmo depois de passar para outro plano, jamais o abandonara.

Lembrou-se da primeira vez, anos atrás, quando ela compareceu a uma reunião daquelas e falou justamente sobre a irmã sobrevivente, pela qual Antônio procurou por algum tempo sem encontrar resposta. Acabou por esquecer o assunto no qual nem acreditara muito. Algumas vezes sentiu vontade de retomar a busca, mas foi mais cômodo abandonar a ideia diante das dificuldades e da sua imaturidade na época.

Sara sabia quase tudo sobre a vida do noivo, mas desconhecia a primeira comunicação de sua mãe falando da filha desaparecida e sobrevivente. Aquilo tudo mexeu com seu humor e, sem compreender a razão da revelação materna perguntava com certa irritação:

— O que estamos fazendo de errado? Será que ela quer que procuremos sua irmã antes de nos casarmos? Mas o que tem a ver uma coisa com outra? Estaria sua irmã correndo risco de vida por acaso, para ter tanta urgência?

— Não sei, meu bem, deve haver algo muito importante, pois o trabalho dela é sério. Não é a primeira vez que toca no assunto. Antes não acreditei, perturbei-me e preferi esquecer tudo, mas agora é diferente. Tenho hoje entendimento para saber que isso não poderia estar acontecendo em vão. Algo dentro de mim me chama à responsabilidade.

Enquanto comentavam, dona Cândida perguntava o que houve, pois era médium inconsciente e de nada se lembrava.

Então Antônio relatou-lhe a mensagem, e envolveu Sara nos braços confortadores pedindo-lhe que se acalmasse. Deveriam refletir sobre o assunto e decidir juntos o que fazer.

Sara não concordava, mas devia colaborar com eles. Conhecia a idoneidade do noivo e não iria convencê-lo a simplesmente esquecer tudo. Iniciaram longa discussão familiar no sentido de tomarem uma decisão sobre como procurar a irmã de Antônio.

Por sua vez, ele contou tudo o que havia acontecido na primeira comunicação e a época em que se deu. Relatou que havia procurado pela irmã através de cartas e não obtivera resposta. Então, como fosse imaturo, não levou muito a sério a mensagem. Esqueceu-se de vez, mas agora tudo se repetia.

— Talvez Jussara esteja necessitando de nós, — comentou dona Cândida — precisamos encontrá-la. E desta vez, não queira contar com a ajuda fácil de espíritos enganadores. Se os bons pudessem nos ajudar já o teriam feito. É tarefa nossa, por isso arregacemos as mangas e vamos ao trabalho. Amanhã mesmo você deve escrever cartas para algumas pessoas que possam nos dar informações. Muitos anos se passaram e quem sabe a situação lá esteja mais regularizada, podendo as autoridades nos dar informações mais precisas.

— Regularizada? — replicava o senhor Lourenço. — Estamos em guerra. A nossa querida Itália sofre sob bombardeio, e até o Brasil foi auxiliar nosso país. Como poderemos esperar informações numa época como esta?

—Mas não precisamos de informações da Itália, pois minha mãe disse que ela está no Brasil - respondeu Antônio respeitoso. - Quem sabe até em alguma dessas fazendas nas proximidades. Então não deve ser impossível encontrá-la.

Tudo era muito difícil, mas sua mãe atravessava as fronteiras do espaço trazendo-lhes um recado especial e cheio de amor. Não podiam ignorá-lo. Pelos conhecimentos que adquiriram durante o tempo de estudo do espiritismo, sabiam que só uma razão superior poderia trazer tal revelação. Precisavam acatar seus conselhos.

Conversaram muito. Todos opinaram sobre a melhor decisão a ser tomada e concluíram que colaborariam com Antônio na busca.

Escreveram para muitos endereços conseguidos por intermédio de clientes e pessoas conhecidas do senhor Lourenço, inclusive aos departamentos que cuidavam das imigrações. Os meses subsequentes foram de angústia e espera infrutífera.

Já tinham se esgotado todas as fontes de informações tanto no Brasil, como na Itália, sem que avançassem um passo sequer na tarefa que empreenderam. Os processos de correspondência eram lentos e muitas cartas retornavam sem encontrar o destinatário. Os arquivos italianos não podiam ajudar. Aquela região onde viveram passara por mudanças radicais no sistema político e a guerra dificultava o acesso a informações de qualquer natureza. No Brasil não era diferente. Havia grande confusão nos registros de imigrantes e muita dificuldade em consultá-los.

Embora desesperançados, continuavam na busca. Não queriam desprezar o conselho da mãe, mas não sabiam mais o que fazer. Na concepção de todos, aquele pedido de urgência nem fazia muito sentido. Mas decidiram que iriam esperar um pouco mais, e continuar as buscas.

O casal de noivos não fazia a menor ideia do porquê da aflição materna, mas dona Cândida e dona Arlete, mais experientes e amadurecidas pela vivência, desconfiaram de coisas que a princípio podiam parecer absurdas. Ambas, muito preocupadas, nem ousavam comentar seus pressentimentos.

Naquele dia terminaram as orações e Sara saiu para a varanda respirar um pouco de ar puro da noite que estava linda. A lua surgira radiante de luz prateada e as árvores pareciam alcançá-la com seus galhos, ficando banhadas pelos seus raios luminescentes. Estrelas aos milhares pareciam bordadas no céu escuro, dando a impressão de que, estendendo-se as mãos, podiam ser tocadas.

Antônio acompanhou a noiva calado. Abraçaram-se diante daquela majestosa paisagem e sentiam os corações pulsarem lado a lado como se quisessem fundir-se. O amor que os unia era muito forte, podiam esperar, compreender, mas nem por isso estavam tranquilos. Ambos refletiam e se preocupavam, cada um a seu modo, com o desfecho daquele pedido, que eles desejavam ignorar, mas já não conseguiam mais. Sara quebrou o silêncio dizendo:

— Sabe Antônio, embora não queira aceitar o pedido de sua mãe naquela comunicação, sei que alguma coisa ela acertou. Parece que nos conhecemos há mais tempo! Sinto como se já tivéssemos vivido juntos e muitas das nossas reações de carinho me são familiares. Porém, agora, sinto como se estivéssemos fazendo algo errado... A referência a sua irmã me perturbou. Acho que estou com ciúmes, julgando que ela irá tirar-me sua atenção. Passam-se coisas pela minha cabeça, cenas desconexas, medo de algo que não sei definir. Deve ser bobagens mesmo.

— Acalme-se, minha querida — respondeu ele — você está preocupada com as palavras do espírito bondoso que nos orientou com tanto amor. Não se deixe abater. Vamos apenas esperar mais um pouco e tudo se acertará.

— Sinto que vou perdê-lo e tenho muito medo.

— Ora, deixe de bobagem, minha querida. Nós nos amamos de verdade e isso jamais deixará de existir. Só temos um problema a ser resolvido e logo encontraremos a solução. Não se preocupe. Vamos esperar só mais um pouco, e se não encontrarmos solução rápida para o caso de minha irmã, daremos sequência aos nossos planos de felicidade. Poderemos continuar a busca mesmo depois de casados. Afinal o que nos impede? Amamo-nos e estamos preparados para enfrentar as responsabilidades do casamento, não vejo razão para adiarmos muito.

Envolveu-a mais uma vez em seus braços, beijando-a com ternura. Desceram ao pequeno jardim que ficava na frente da casa, caminhando abraçados entre as roseiras, aspirando o perfume que exalava suavemente.

Então Sara disse com simplicidade:

— Estou tão bem assim que gostaria de poder morrer agora e eternizar esse momento! Tenho medo de cada segundo que passa, parece-me que não será tão feliz quanto esse.

— Calma, minha querida! Você está muito aflita! Afinal nada de tão grave está acontecendo para tanto sofrimento e medo. Eu a amo e isso não vai mudar, nem que eu viva mais cem anos. Ninguém poderá nos impedir de ser felizes. Muito menos minha irmã, que era tão criança quando a perdi. Encontrá-la será motivo de grande alegria para todos nós. Por isso não deve temer. Seremos muito mais felizes que agora. Teremos nossos filhos e seremos uma grande família! Grande, unida e muito feliz.

– Não posso evitar, Antônio, sinto uma tristeza muito grande a me oprimir o peito e tenho vontade de chorar a toda hora. As palavras de sua mãe se repetem no meu pensamento o tempo todo, como se quisessem me envolver em doces e ao mesmo tempo perturbadores eflúvios. Aliás, a presença dela aqui também me provocou forte emoção e lágrimas. O que estaria acontecendo comigo?

– Você está impressionada demais. Não compreende ainda todos os ensinamentos dos espíritos porque começou, há pouco, conhecê-los. Com o passar do tempo verá que tudo se tornará mais simples.

Mais alguns meses se passaram e o diálogo entre eles não mudava. Caminhando abraçados no jardim, Antônio comentava tentando acalmar Sara em suas aflições:

- Amanhã, durante as nossas preces, pediremos à minha mãe que nos ajude a resolver os problemas que ela nos trouxe, porque estamos impedidos de dar sequência às nossas vidas, se quisermos atender ao seu apelo. Não sei mais onde nem como procurar minha irmã. Gostaria muito de resolver essa situação de vez, mas estou de mãos atadas. Às vezes tenho dúvidas sobre a importância que devemos dar à comunicação recebida. Penso até que tudo pode ter sido uma criação mental de dona Cândida.

– Também já pensei nisso, mas ela é tão séria e boa, é difícil acreditar que se equivocou. E temos tido tantas luzes através das comunicações, Antônio, que não podemos duvidar delas, nem simplesmente ignorá-las. Estou muito aflita. Precisamos encontrar um meio de resolver a situação com discernimento, mas não posso negar que tenho tido pressentimentos terríveis.

— Só não deixo a dúvida tomar forma porque não é a primeira vez que recebo a mesma advertência, quanto a procurar minha irmã. Da outra vez eu a ignorei e parti por caminhos obscuros dos quais muito me arrependo. Talvez ela esteja aprisionada em algum lugar, necessitada do auxílio que podemos lhe estender. Quando penso em quantas hipóteses terríveis levaria minha mãe a nos propor procurá-la, estremeço. Mas tenho fé em Deus de que haveremos de encontrá-la. Agora esqueça tudo isso, meu amor. Quem sabe amanhã surjam outras ideias. Pediremos orientação em nossas preces e tenho certeza de que tudo se resolverá da melhor forma. Agora vamos entrar, seus pais devem estar nos esperando.

E assim dizendo retomaram o curto caminho de volta abraçados, silenciosos e pensativos.

Já era madrugada quando dona Arlete acordou ouvindo gritos que vinham do quarto de Sara. Levantou-se depressa e foi até o local. Encontrou a filha se contorcendo de dores causadas pela picada de um escorpião que ainda se debatia, ferido sobre sua cama. Assustada, pediu socorro aos gritos. E de repente, no quarto da moça, estavam todos da casa dividindo a aflição daquele momento, na tentativa desesperada de ajudá-la.

Como ela estivesse muito assustada e com fortes dores e apresentasse também dificuldade para respirar, a mãe da moça desabotoava suas vestes, despindo-a parcialmente para conferir a extensão do ferimento e direcionar eficazmente os devidos recursos. Ela tinha se deitado de bruços e o escorpião estava sobre os lençóis. Ao se sentir apertado pelo corpo da moça, defendeu-se agredindo-a na área do abdome.

Antônio e dona Cândida não puderam resistir ao choque quando viram a marca enorme que ela trazia na região do ventre. Estava cicatrizada, mas lembrou-os imediatamente do que acontecera com Jussara. A situação requisitava atenção e cuidados para com a vida de Sara, que apresentava perigo eminente, mas ainda assim o rapaz mal conseguia disfarçar seu espanto.

As pessoas que viviam isoladas da cidade desenvolviam suas técnicas especiais para resolver seus problemas como aquele. Era muito difícil o acesso a hospitais e a recursos mais aprimorados. Conheciam ervas, beberagens e faziam remédios caseiros que na maior parte das vezes funcionavam com eficácia.

Felizmente o invertebrado não era dos mais perigosos e a quantidade de veneno injetada não causou maiores danos. Depois de algumas horas decorridas, muitos chás, e outras aplicações caseiras, a dor foi se acalmando, e ela, aos poucos se recuperou.

Passado o perigo, todos saíram do quarto para que Sara pudesse descansar.

Mas aquela visão da marca não saía de seu pensamento, que trouxe à tona as palavras da mãe na comunicação mediúnica. Uma dúvida ocorreu-lhe tal qual espinho doloroso a ferir o coração sensível. Saiu na varanda tentando organizar o pensamento, era muito difícil conseguir o equilíbrio naquele momento. As lembranças voltavam com toda força e as cenas da infância chegavam em velocidade incontrolável. A bondosa mãezinha o alertara para procurar a irmã por duas vezes. Na última, referiu-se à marca de queimadura que sofrera quando criança, na fazenda onde moravam. E Sara tinha uma marca justamente na mesma região: talvez nem tivesse prestado atenção no detalhe, mas se tivesse ouvido bem, tinha razões de sobra para ficar preocupada e temerosa em perdê-lo. Mas felizmente não conhecia sua história quanto a ter sido adotada quando pequena por dona Arlete e o senhor Lourenço. Queria orar, mas não conseguia. Culpava-se por se preocupar mais naquela hora, com a marca que vira, do que propriamente com a saúde de Sara. Sentou-se nos degraus da escada rústica e larga que levava ao jardim e deixou que as aflições de seu coração se expandissem. Não pôde conter o pranto convulsivo e as lágrimas abundantes a rolarem de seus olhos em sofrimento indescritível.

– Seria coincidência apenas? Estaria ele a se precipitar nas conclusões? Não podia ser, pois a mãe, através da médium dona Cândida, mencionara a marca no mesmo local, como talvez a única forma de reconhecer a irmã.

Estremeceu novamente diante da ideia!... Não podia ser... Sim, podia.

Estavam em 1917. Sara tinha dezoito anos agora e ele vinte e cinco. A diferença entre ele e a irmã mais nova era justamente de sete anos. E ela possuía uma marca no ventre da qual ele bem se lembrava como acontecera e fora confirmada pela mãe.

Desesperado, apertava a cabeça entre as mãos e chorava, mergulhado numa dor inconsolável. Nem percebeu que dona Arlete o observava. Depois de deixar Sara dormindo pelas beberagens, ela percebeu que ele tinha visto a marca. Ao vê-lo preocupado aproximou--se, dizendo:

—Não fique assim, filho! Sara vai ficar bem. Já passamos por situação semelhante e senhor Lourenço sabe como lidar com isso. Não acredito que ainda corra risco, porque o escorpião não era dos mais venenosos. Acalme-se. Vá ficar com ela. Está a sua espera, quer carinho e atenção.

— Dona Arlete — disse Antônio — algo está me incomodando tanto que nem posso pensar nas suspeitas que tenho. Precisamos conversar longe da presença de Sara. Eu vou vê-la e assim que voltar preciso que me responda algumas perguntas. Ajude-me a tirar a dúvida cruel que me assalta a alma aflita neste momento.

— Sim, claro, Antônio. Estou ao seu dispor.

Ele foi até o quarto e mal conseguia disfarçar sua aflição para que a amada não percebesse. Ficou longo tempo alisando seu rosto delicado, procurando nele algo que lhe desse a certeza de estar enganado. Abraçou-a desesperado e chorou sem conseguir se conter. Sara aconchegou-o ao peito, passando as mãos carinhosamente nos seus cabelos. Acalmava-o, certa de que a razão do pranto era pela apreensão quanto ao risco que acabara de correr.

Abraçaram-se por alguns minutos e ele afastou-se aconselhando-a descansar.

Voltou à varanda e encontrou dona Arlete à sua espera, tão ansiosa e preocupada quanto ele.

Então ele sussurrou para que ninguém os ouvisse:

— Eu preciso dizer, mas não tenho a intenção de interrogá-la. Não sei como começar.

— Ora, filho, comece pelo que está lhe afligindo. Abra-se comigo. Afinal, somos como uma só família. Não tenha receios. Nada do que disser me deixará ofendida.

— Não é bem isso dona, Arlete. É algo tão monstruoso que temo só em pensar. Não poderei ficar assim por mais tempo, preciso saber a verdade. Não pense que faltei com o respeito, mas não pude deixar de ver algo que me chamou a atenção. Responda-me, por favor: aquela marca no ventre de Sara, a senhora sabe como aconteceu?

— Acho que sei o que está pensando. Não posso responder-lhe ao certo, porque também não sei. Nós a adotamos ainda muito pequena. Deveria ter mais ou menos três a quatro anos de idade. Quando a encontramos ela tinha queimaduras por todo o corpo. Cuidando de suas feridas percebemos que aquela, do ventre, já estava cicatrizada e parecia ter sido muito profunda, diferente das outras, que eram recentes. Sara era muito pequena e mal podia falar, não só pela idade, mas em razão dos traumas que lhes causaram aquelas lesões. Estava doente, desidratada e desnutrida. Sua voz era fraca e rouca, parecia ter chorado por muito tempo. Tinha também complicações respiratórias, talvez provocadas por exposição exagerada à fumaça e frio. Permaneceu muitos dias em tratamento intensivo, fez uma cirurgia e recebeu muito sangue, para que seu organismo se reabilitasse. Durante todo esse tempo, não saí de perto dela, que só sabia chorar e dizer "mama." Mas algumas vezes, quando em febre alta, pronunciava o nome de alguém a quem deveria amar muito. Não sei qual seria o verdadeiro nome, porque seus lábios só conseguiam dizer "Dido." Às vezes sorria em seus delírios dizendo: – Dido! Dido! – Nunca pude saber quem era esse Dido, nem o verdadeiro nome dela, pois jamais se lembrou. Assim como nada soube dizer sobre sua vida até então, e como chegou até aquela estrada, ou o que provocou aqueles ferimentos.

Dona Arlete, mergulhada nas recordações, olhava fixamente um ponto vago no infinito, como se visse as cenas que estavam gravadas em sua memória. Antônio ficou quieto e imóvel. De repente voltou-se para ele para medir sua reação e...

– Antônio... oh! Antônio... o que está havendo? Por que está assim? Oh! Deus... Ajudem-me, por favor! Dona Cândida ajude-me aqui, depressa! – gritou desesperada.

– O que aconteceu... Antônio! Antônio! – dona Cândida chamava aflita – segure a cabeça dele dona Arlete, enquanto vou buscar as ervas aromáticas para fazê-lo acordar.

E saiu correndo, atropelando o senhor Lourenço que vinha ao encontro delas, depois de ouvir as súplicas aflitivas das duas. Ao ver Antônio caído, assustou-se:

– O que aconteceu? – disse ele. – O que houve? Diga-me, Arlete, pelo amor de Deus!

– Não sei – respondeu chorando – estávamos aqui conversando e quando olhei para ele, estava assim. Será que disse algo que não devia? Ele me pareceu muito aflito, procurava uma explicação e fez-me perguntas sobre a cicatriz de Sara. Quando eu contava o que sabia sobre ela, ele desmaiou. Oh! Senhor! ... Não pode ser... Será que ele também pensou no que eu pensei? Sim. As palavras de sua mãe sobre a cicatriz da irmã. Ele desmaiou quando eu narrava a história dela. Eu contei que ela pronunciava aquele nome, Dido... Oh! Deus...

Dona Arlete tremia e estava quase sem forças, só em pensar nas hipóteses que poderiam ser verdadeiras e senhor Lourenço nada conseguia compreender. Mas logo dona Cândida retornou com as ervas e estas foram fazendo com que Antônio reagisse.

Acordado, mas ainda em estado de choque, provocou em dona Cândida as mesmas dúvidas do senhor Lourenço.

— O que aconteceu, por que ele desmaiou? — perguntava, tentando compreender a reação do rapaz.

Continuava a cuidar dele, afagando seus cabelos com carinho maternal, enquanto dona Arlete repetia o final da conversa que tiveram antes que tudo acontecesse.

Então dona Cândida pôde compreender tudo e por pouco também não desmaiou. Pálida, com lágrimas a derramar dos olhos, sussurrava:

— Então era isso que a mãe dele insistia em dizer! Eles são irmãos! Esta menina é a pequena Jussara, que julgávamos morta na tragédia do vulcão! Ela o chamava de Dido e era a única palavra, além de "mama" e "Saia", a abreviatura de seu nome, que sabia pronunciar, até o dia fatídico, quando desapareceram. Mas como sobreviveu? Era tão pequena! Onde vocês a encontraram?

— Nós a encontramos na estrada, quando voltávamos do hospital onde trabalhávamos como voluntários, numa cidade vizinha à nossa. Costumávamos ir lá nos finais de semana, não tínhamos filhos e o tempo não passava. Queríamos uma atividade que fosse edificante para aproveitarmos o tempo ocioso. Era noite e fazia muito frio, quando vimos um homem sinalizando desesperado para que parássemos. Pedia socorro para uma criança, bem amarrada sobre uma cadeira rústica pequena, caída dentro de um velho poço abandonado. Na queda a cadeira soltou-se ficando sobre o corpo inerte do animal que estava morto.

— A menina estava aparentemente desmaiada, — continuava ela explicando — e tinha o corpo todo machucado. Os pés estavam queimados e suas vestes rasgadas. Seu estado era tão grave, mas logo percebemos que respirava. Retiramo-la e voltamos ao homem para oferecer-lhe ajuda, encaminhá-lo ao hospital, mas ele havia desaparecido. Foi estranho, pois estávamos na estrada, escura e fria. Não havia condução nenhuma além da nossa e ele havia desaparecido. Sara estava tão ferida e traumatizada que não podíamos perder tempo. Voltamos para o hospital e a entregamos aos cuidados dos médicos. Mesmo depois de tratada, jamais conseguiu contar qualquer coisa sobre o passado. Ninguém sabia quem era ela. Durante o tempo em que permaneceu sob cuidados médicos, não saímos de perto dela, dando-lhe cuidados, carinho e amor. Voltamos muitas vezes ao local do acidente, procurando algo que a identificasse. Perguntamos nos arredores sobre o homem que nos sinalizou na estrada, e ninguém o conhecia.

— Acompanhamos todo o tratamento doloroso pelo qual teve que passar, composto de cirurgia e curativos doloridíssimos — continuava ela a narrar. — Passamos muitas noites em claro acalentando-a, tentando suprir-lhe a falta dos familiares, que não sabíamos quem eram. Por muito tempo esperamos notícias de alguém da família, mas nada disso aconteceu. Eram tempos de restrições naquela região, que dificultavam as comunicações. O vulcão encerrou suas atividades rapidamente, mas deixou um rastro de dor por onde derramara suas lavas. Havia muitas pessoas desaparecidas e aquela criança não teve quem a reclamasse. Procuramos identificá-la legalmente, mas não havia nenhum registro de seu desaparecimento. Já a tínhamos adotado pelo coração e acabamos por fazê-lo legalmente, comprometendo-nos a educá-la da melhor forma. Ela pouco falava e como repetisse "Saia" quando perguntávamos seu nome, resolvemos batizá-la com o nome de Sara. Penso que nunca se lembrou do passado. Para nós tudo se transformou num grande mistério, que depois de alguns anos, deixamos cair no esquecimento porque seria melhor para todos. Amamos tanto essa criança que nos esquecemos de que não era nossa filha legítima. Sempre a cercamos dos cuidados necessários para que crescesse em segurança, guardada pelo nosso amor. Educamo-la dentro dos padrões exigidos pela sociedade e religião que conhecíamos, para que tivesse oportunidade de sobreviver quando não pudéssemos mais cuidar dela. Sabemos que ao tomar conhecimento dessa realidade, ela será tão infeliz quanto está sendo Antônio agora. Olhem só o estado dele. Penso que não devemos dizer a ela, ao menos por enquanto.

— Não sei — respondeu dona Cândida com voz trêmula e lágrimas nos olhos.

— Que faremos? Será que é ela mesma?

— É difícil duvidar de tantas evidências - responde dona Cândida. - Tudo está muito claro quanto à sua identificação. Só não posso imaginar como ela conseguiu sair com vida daquele inferno em brasas e chegar viva até a cidade. Como foi parar tão longe? Esperei tanto encontrá-la e agora que isso acontece estou tão triste. Como dar a notícia a ela? Eles se amam tanto! Como será daqui para a frente? Oh! Deus! Estou alegre em reencontrá-la e triste porque sei que ela será infeliz, quando souber da verdade.

Acompanharam Antônio até seu quarto e ficaram conversando enquanto ele descansava sob o efeito dos chás calmantes, que lhe foram ministrados, junto aos passes que o fizeram relaxar bastante.

— Por que essas coisas acontecem com pessoas inocentes que só querem bem? — lamentou senhor Lourenço compadecido da filha amada. — A menina sofre desde pequena. Não posso compreender!

— Se as causas não estão aqui, senhor Lourenço — explicou dona Cândida com confiança — devem estar no passado, do qual ainda não podemos ter lembrança.

— Mas se são irmãos, porque teriam se separado e reencontrado depois de tantos anos, em lugar tão distante, onde jamais suspeitariam dos laços consanguíneos, para se amar como se amam?

— Tudo nesta vida tem uma explicação justa, senhor Lourenço. Não sabemos das ligações anteriores de cada um para decifrar o enigma. Talvez tivessem uma atração muito forte ligando um ao outro, por isso nasceram sob o mesmo teto, a fim de desenvolverem o amor fraternal em seus corações. Mas a separação, por ocasião da tragédia, os desalojou. Quem sabe tivessem que aprender a controlar seus impulsos por sua própria vontade. O laço familiar só poderia ajudá-los a tomar a decisão, mas a separação desde a infância os exporia à atração posterior, para que a decisão fosse mérito deles.

— Mas isto não é justo, — replicava senhor Lourenço, — eles não se conheciam mais. Era natural que se amassem. Não o fizeram por mal, isto parece uma traição do destino.

— Não, senhor, eles não ficaram desprotegidos. Deus colocou o conhecimento espírita em seus caminhos. E proporcionou-lhes a oportunidade de comunicarem-se com a mãe desencarnada, que auxiliou na condução dos fatos. Veja como é séria a tarefa dos espíritos que nos assistem. Eles os orientaram sem traçar o caminho. Alertaram-nos, mas não deram a decisão. Protegeram sem tirar-lhes o mérito da descoberta e da decisão final.

— Mas qual seria a razão de se encontrarem nesta condição? — pergunta ainda confuso senhor Lourenço, tentando compreender.

— Não sei.... não sei ainda, mas confio na bondade divina e sei que um dia saberemos.

As duas mães adotivas abraçaram-se lamentando a imensa dor pela qual seus filhos do coração deveriam passar. E dona Arlete saiu para ver Sara, que parecia ter dormido, depois de acalmada a dor.

— Acalmem-se, por favor — disse senhor Lourenço. — Não é o fim do mundo. Eles são jovens e poderão superar a dificuldade com a força que possuem. Precisamos ajudá-los e para isso temos que ter equilíbrio, senão nada conseguiremos. Nossos filhos são pessoas honradas e dignas e saberão encontrar a felicidade. Tudo na vida passa e esse trauma também passará, como já passaram tantos outros. Se os amamos de verdade, o que importa agora é estar do lado deles para orientá-los sobre o melhor a fazer. Por favor, dona Cândida, conte-nos tudo o que sabe sobre Sara e Antônio. Como aconteceu a marca de queimadura que ela tem no abdome? A senhora sabe?

Então a ex-babá buscou em sua memória, as imagens vivas daquele dia fatídico.

— Antônio tinha mais ou menos nove anos e Jussara dois. Ela mal caminhava, mas ele já ajudava o pai nos trabalhos da fazenda. Estavam marcando, com ferro quente, os animais que tinham adquirido recentemente. Era uso habitual marcá-los, para que não se perdessem.

"O pai ensinava os detalhes da profissão para o único filho homem que, embora muito jovem, deveria ser preparado para substituí-lo. Antônio, como toda criança, encantava-se com a cor do ferro em brasa e retirava-o do fogo várias vezes, só para ver apagar-se e depois retornava, para ver o vermelho vivo que se acendia nele. Jussara gostava muito de Antônio e sempre que lhe permitiam estava ao redor dele. Onde quer que ele fosse, queria acompanhá-lo. Ele a protegia, e dedicava-lhe muita atenção e carinhos, mais que as outras irmãs. Quando as atividades dele exigiam que a deixasse, ela ficava contrariada. Era preciso que ele saísse às escondidas para evitar-lhe o choro. Mas para recompensá-la pela ausência, ele sempre retornava com alguma coisa interessante para presenteá-la, fosse uma flor, um doce, ou mesmo algum brinquedo construído com frutos do mato e muita imaginação.

"Muitas vezes trazia pequenos animais ou insetos inofensivos para ensiná-la como deveria respeitar a vida de qualquer espécie. Era muito carinhoso e tinha paciência admirável com ela. Gostava das outras irmãs também, mas a irmã mais nova parecia ter sempre a sua preferência. Jussara, aproveitando-se de um descuido de todos, atravessou o terreiro que separava a casa do local onde eles trabalhavam. Ele retirou o ferro do braseiro, ficou segurando maravilhado com a cor incandescente, apontando-o para fora, como se fosse encostá-lo em algo invisível. Ela chegou de repente sem que ele a visse. Rumando diretamente para onde o irmão estava, com seus passinhos curtos e imprecisos, tropeçou nas cordas espalhadas pelo chão, projetando-se rapidamente para a frente. E batendo a mão no braço de Antônio, fez o ferro cair exatamente sobre o seu ventre.

"Seus gritos de dor se fizeram ouvir em quase toda a fazenda e muitos correram para ajudá-la. Antônio também se queimou quando retirou o instrumento quente da pele da irmã, mas bastaram alguns segundos em contato com o calor intenso para que lhe provocasse ferimentos graves numa região extremamente delicada. Precisou ser levada às pressas para a cidade onde permaneceu durante semanas em tratamento médico. A queimadura foi profunda, mas felizmente não chegou a prejudicar seus órgãos internos, mas foi um grande susto e muitas dores.

"De volta ao lar, todos se desdobravam em cuidados com a pequenina convalescente, mas Antônio não saiu do seu lado até que se recuperou totalmente. Afastou-se de todas as suas atividades, até mesmo escolares para cuidar dela, que o chamava insistentemente: Dido... Dido... Minha menina! Como era pequenina quando tudo aconteceu! — exclamava dona Cândida."

Antônio ouvia tudo num silêncio desolador, que era só aparente. Dentro dele o pensamento corria barulhento, de um tempo a outro em suas recordações, trazendo imagens distorcidas que se apresentavam como verdadeiros monstros em sua memória. Recordou as palavras da mãe e então tudo fazia sentido. Era mesmo sua irmã quem estava ali do seu lado, prestes a ser sua esposa.

—Oh! Deus! —exclamava intimamente, desesperado. — Que fizeste comigo? Por que novamente essa dor me assalta? Leve-me daqui, pois não terei forças novamente. Estávamos tão próximos da realização do nosso maior sonho! Tudo parecia correr a nosso favor! Sinto como se uma tempestade tivesse desabado sobre nossas vidas, varrendo esperanças de felicidade. Não sei o que fazer. Se eu morresse agora seria menos doloroso para ela, do que essa triste revelação. Não podemos conviver como irmãos, quando alimentamos o desejo de nos entregarmos um ao outro, como parceiros de um amor grande e profundo. Como não pensar em Sara como a única mulher que amei em toda a minha vida? Como esquecer quem me enriqueceria a existência com a presença de filhinhos amados que eu carregaria nos braços, aos quais dedicaria todo amor de meu coração? Sinto-me perdido! Não poderei mais desposá-la, nem deixar de amá-la.

Mesmo mergulhado em sua dor, Antônio sentia a responsabilidade pesar sobre seus ombros. Não poderia esmorecer. Conhecia a vida após a morte. Sabia que morrer não seria a solução de suas aflições. Precisava reunir todas as forças para auxiliar Sara, que enfraquecida necessitava de seu amparo e proteção, para suportar o golpe a ser desfechado sobre seu espírito dócil. Elevou o pensamento como já havia aprendido a fazer, pedindo perdão pelo desespero. Sabia que Deus não o deixaria desamparado, que estaria a ouvir-lhe naquele momento crucial. Pensando nisso, entregou-se, confiando ao Pai Supremo a trajetória de sua existência:

— Ajuda-me, Senhor! Dá-me força para suportar essa dor e fazer cumprir a Tua vontade! Uma vez desviei-me do caminho certo por desprezo aos ensinamentos de Teu filho Jesus e isto me custou muitas dores e arrependimento sincero. Por mais que sofra, não voltarei a errar. Não quero provar novamente o sabor da derrocada, ainda que tenha dores insuportáveis. Sei que a Tua luz me iluminará e por certo mais adiante poderei compreender o porquê desta prova. Ajuda-me, Senhor! Não permita que eu esmoreça nesta hora. Dá-me coragem para conversar com Sara e ajudá-la a aceitar o que nos é inevitável, sem revoltas. Temo por ela, que ainda é tão criança. Ampare-a, Senhor, e com Teu imenso amor, ensina-nos a cumprir os Teus desígnios.

Naquele momento, percebendo que o rapaz precisava refletir sobre todas as informações recebidas, dona Cândida aceitou a sugestão de senhor Lourenço e retirou-se, deixando-o sozinho.

Ele continuou com o pensamento elevado suplicando ao céu algo que lhe pudesse sustentar naquele momento tão difícil de sua vida. Foi quando sentiu uma brisa suave a roçar-lhe a pele, enquanto começava a vislumbrar a luz azulada de entidades superiores que ali compareciam. Era a primeira vez que via cena de tal beleza, captando as vibrações harmoniosas irradiadas pelo ambiente onde se encontrava.

Viu, então, sua mãe com tanta nitidez que parecia poder tocá-la. Deixou-se envolver pelo carinho que de seus olhos emanavam, sentindo-a embalá-lo nos braços, como fazia quando ele ainda era um bebê. A princípio desequilibrou-se, mas logo conseguiu controlar a emoção dos primeiros momentos, e então ele pôde ouvir, diretamente, suas palavras amorosas:

— "Ouça-me, filho querido, não estou aqui sozinha a trazer-lhe conforto e instruções. Se venho é porque a bondade infinita de Deus, nosso Pai, nos permite essa misericórdia. E também porque você tem demonstrado esforço e persistência sinceros no bem. Saiba, meu querido, que meu coração está imensamente agradecido por essa correção que se realiza agora em sua vida e de sua irmã. Conheço a necessidade de ambos, e creia, todo esse sofrimento poderia ter sido evitado se tivesse ouvido meu conselho desde a primeira vez. Mas não podemos interferir na decisão de ninguém, nem mesmo dos que amamos muito. Só pude trazer novo conselho quando estiveram na iminência de cometerem erro ainda maior. E graças dou a Deus por ter permitido que nossos mensageiros interferissem, de modo a desvendarem tudo, antes da consumação do enlace. Você e sua irmã um dia saberão o porquê de toda a história da qual são protagonistas. Na realidade ela começou há muitos séculos atrás, e este é o momento do resgate, doloroso, mas libertador. Por hora tenha muita força e coragem, e não esmoreça. Enquanto estiver com o pensamento vigilante poderemos auxiliá-lo, fortalecê-lo.

E se continuar firme no propósito de fazer cumprir a vontade divina, terá à sua disposição a ferramenta de trabalho pronta para usar, em auxílio do semelhante.

"Não tema, nem vacile, meu filho, porque precisamos de trabalhadores de boa vontade para engrossar as equipes de socorro e amparo que se organizam nos dois planos, trabalhando em conjunto pelo esclarecimento e progresso da humanidade. Há muito para ser feito e poucos cumprem os compromissos assumidos antes da reencarnação, depois de conhecerem as tentações que o mergulho na Terra oferece. Como vê, não está nem ficará sozinho, mas é preciso que queira realmente dedicar-se ao adiantamento. Deverá custar-lhe muitos sacrifícios e renúncias, e uma grande força interior para a mudança de hábitos, correção de vícios, até moldar-se dentro dos padrões necessários para ser verdadeiramente útil.

"Una-se em pensamento aos mensageiros divinos que nos aguardam e siga em frente sem medo. Poderá regozijar-se ao ver as lágrimas de gratidão dirigidas a Deus por aqueles que foram aliviados através de suas mãos caridosas, mas esta será sua única recompensa aqui, pelo bem que faça. Não espere agradecimentos nem o reconhecimento alheio. Nunca se esqueça de que não estará fazendo mais do que aproveitar a oportunidade de reparar erros. A misericórdia de Deus, através do plano superior, reverterá seus atos nobres em seu próprio benefício.

"Que Jesus o abençoe e fortaleça seus bons propósitos. Conte comigo para o que necessitar dentro dessa diretriz, pois estamos ligados pelos laços do amor verdadeiro e assim permaneceremos em sintonia para essa troca benéfica."

Assim dizendo, a entidade afastou-se, deixando um perfume suave no ambiente. E Antônio ficou sob efeito dos fluidos calmantes que o fizeram adormecer.

No dia seguinte, muito cedo, os moradores da casa já estavam acordados fazendo os ruídos costumeiros, quando ele se levantou. Lembrava-se de tudo o que acontecera, das palavras carinhosas da mãe desencarnada a confortar seu espírito necessitado. Isso lhe dava certa força, mas, ao mesmo tempo, sentia o dever de dar a notícia penosa a Sara. Era preciso esclarecer tudo o quanto antes, e a ele cabia essa difícil tarefa.

Banhou-se lentamente como se assim pudesse reunir mais coragem, depois foi tomar seu café em silêncio, junto aos outros, tentando reorganizar as ideias.

Dona Arlete estava com os olhos inchados, denotando a ausência do repouso noturno e senhor Lourenço permanecia calado e muito triste.

— Como faremos? — perguntou ela dirigindo-se a Antônio com insegurança. — Quem deverá dar a notícia a Sara? Falta-me coragem para fazê-lo.

— Devemos tomar muito cuidado — respondeu Antônio. — Se concordarem, eu mesmo falarei com ela, mas preciso de tempo.

— Sim, claro — interviu senhor Lourenço. — Se preferir assim, concordamos. Não é mesmo, Arlete?

Ela aquiesceu com a cabeça e tomou o leite que exalava delicioso odor, provocado pela fervura. Senhor Lourenço sugeriu que se fizesse uma prece, suplicando aos amigos espirituais ali presentes, que os envolvessem com bálsamos consoladores, iluminando-os quanto ao melhor caminho a seguir.

Terminada a rogativa, cada um foi cuidar das atividades que dividiam na fazenda.

Sara ainda dormia sob efeito dos chás calmantes que tinha tomado. E dona Arlete estava a todo momento em sua cabeceira desdobrando-se em cuidados e preocupações.

Antônio não conseguiu trabalhar. Sua atenção e pensamento estavam voltados aos últimos acontecimentos. Tudo lhe lembrava o amor que agora reprimia dentro do peito como algo proibido. Sentia-se estranho. Sara era a mulher amada e ao mesmo tempo aquele bebê que aprendeu a amar como irmã. Tão contraditórios sentimentos o envolviam! Era difícil associá-la à Jussara, que lhe deixara uma ferida aberta no peito, desde o seu desaparecimento com a família naquela noite de terror. De qualquer forma, poderia ter a irmã tão querida novamente nos braços. A dor era ter que abrir mão de uma das duas, e a perdedora seria fatalmente Sara.

Nunca mais poderia beijá-la com o amor que lhe ardia na alma. Recordar-se dos beijos e abraços desejosos já lhe causava um mal-estar. Seu plano de construir família com esposa e filhos estaria fatalmente desfeito para sempre. Jamais procuraria outra mulher para realizar seus sonhos. Fechar-se-ia para esse tipo de amor e tentaria descobrir algo que lhe pudesse ocupar o tempo, para não ficar pensando. Devia renunciar, era o que faria, ainda que lhe custasse a própria vida.

E se partisse dali? – pensava. – Talvez fosse menos doloroso para os dois. Não poderiam permanecer juntos como se nada tivesse acontecido. Poderiam ser traídos pelo desejo! Para ela, que não guardava recordações de sua tenra infância, poderia ser mais difícil renunciar. Estava decidido. Deveria esclarecê-la e em seguida partir. Mas, para onde? Como recomeçar com tanta dor? Ficaria longe de Sara por alguns anos e quando a chaga aberta estivesse cicatrizada, voltaria e poderiam ser novamente irmãos.

Nos dias seguintes preparou Sara com todo o carinho e vagarosamente foi contando por partes as revelações que recebera de uma só vez.

Impossível descrever o sofrimento dela. Exprimia a dor maior como se espinhos lhe sangrassem o coração diretamente. Era muito difícil entender. Não conseguia aceitar a renúncia que se impunha, por mais que se esforçasse. Queria provas convincentes, aquelas não lhe bastavam. Julgou que Antônio estivesse querendo abandoná-la e usasse aquilo como desculpa.

Mesmo amparada pelos pais adotivos e recebendo o carinho de dona Cândida, não podia concordar que ele partisse. Não conseguiria viver sem o ser tão amado.

Revoltou-se contra Deus, embora tivesse conhecimento das leis que regem a reencarnação. Seu coração juvenil estava muito ferido e não podia compreender a dimensão de seus resgates a cobrar-lhe tal renúncia, como débitos de um passado do qual não conseguia se lembrar.

Já estava com dezoito anos, idade avançada para uma moça solteira em sua época, e até então só pensara em estudar e se guardar para seu futuro esposo, e agora seus sonhos eram jogados ao chão e pisoteados como se nada valessem.

12

CUMPRINDO SUA MISSÃO

ANTÔNIO, DEPOIS DA ÚLTIMA comunicação com a mãe, somada à situação contraditória que a vida lhe impusera, decidiu sair pelo mundo em missão de amor. Pregaria o que já conhecia da palavra divina através do Evangelho, sem fixar-se em parte alguma. Iria onde a necessidade o chamasse.

Dona Cândida quis acompanhá-lo, mas foi dissuadida por ele, que afirmou precisar de sua compreensão. Só lhe restava agora um sonho maior que ainda poderia realizar. Deixaria cumprir a vontade de Deus em si. Faria de sua existência terrena um hino de trabalho constante no aprimoramento de seu espírito, em socorro às criaturas que necessitavam mais que ele. Estava muito seguro e lúcido do que queria e não poderia realizar seu intento se tivesse que se preocupar com ela. Não desejava privá-la de conforto e cuidados essenciais, os quais poderia receber ali onde estava. Todos eram muito bons e a amavam profundamente.

Naqueles termos, não lhe restava muita opção e ela consentiu, abençoando-o e entregando-o mais uma vez ao mundo, como já havia acontecido no passado. Mas desta vez, ele partia para realizações edificantes. Embora a dor lhe envolvesse o ser, ela estava confiante.

Assim partiu levando apenas algumas provisões e roupas suficientes para manter-se higienizado, contrariando senhor Lourenço, que lhe ofereceu o dinheiro necessário para sua sobrevivência.

Antônio tinha deixado ali muitas horas de trabalho, mas parecia estar decidido. Partia em missão e não queria carregar nada consigo além do que fosse estritamente necessário. Estava definido o caminho, e nele não caberia qualquer bem material. Pediu-lhe que amparasse dona Cândida, para que não se sentisse tão só. Dentro de algum tempo, quando tudo estivesse estabilizado, ele voltaria para visitá-los.

Tendo o consentimento do senhor Lourenço e as bênçãos de dona Arlete e dona Cândida, partiu deixando ali os bens mais caros de sua existência.

Entregar-se-ia a nova tarefa ocultando a dor íntima, propondo-se a enxugar as lágrimas dos que lhe cruzassem o caminho, marcados pelo sofrimento. Estava convicto de que esse seria o caminho a seguir

Os anos se passaram...

Viveu em lugares desprovidos de conforto, privou-se muitas vezes até mesmo do necessário para atingir seu objetivo. Vivia auxiliando, e com isso cresceu espiritualmente. Aplicando seus conhecimentos e recursos naturais em favor dos semelhantes, juntou-se a um pequeno grupo de pessoas com o mesmo pendor. Estudou e trabalhou muito para oferecer à humanidade algum alívio. Assim educou aptidões de cura que trazia em seu espírito, já prontas para serem utilizadas. Livrou-se assim de terríveis compromissos assumidos anteriormente, quando, em pacto com entidades trevosas, enveredara-se pelos caminhos obscuros do desregramento. Compreendera a tempo a necessidade do trabalho e da doação constante para quitar seus compromissos anteriores, e resgatou-os com seu suor e trabalho.

Foi tão fiel sua devoção à tarefa que abraçara, que acabou por perder o contato com a família. Mas guardava-os no coração.

Às vezes as lembranças traziam a dor em forma de lanças a ferir-lhe as entranhas. Sentia saudade, chorava, e não raro tinha o desejo de voltar, revê-los, mas estava totalmente comprometido. O povo o procurava necessitado de orientação e de suas mãos curadoras, que se impunham sobre a dor alheia. Conseguia quase sempre, acalmá-la e não raro suprimi-la. Mas só isso não era suficiente. Precisava continuar a tarefa de ensiná-los, para que a cura se estabelecesse definitivamente.

Era muito amado pelos seus seguidores. Anulara-se para doar-se de tal forma, que já não se dava mais o direito de ter anseios.

Tinha alguns amigos que viajavam por todo o país, e frequentemente lhe traziam notícias dos familiares. Soube que dona Cândida estava gravemente enferma e desejou vê-la. Mas não dispunha de recursos financeiros para chegar até onde ela vivia. A cada minuto, do dia ou da noite, chegavam pessoas necessitadas, desesperadas a solicitar sua ajuda. Pelas suas mãos curadoras ou através da palavra amiga reconfortante ou de seu carinho, que não faltava a ninguém. Além do mais, estava muito distante de seus familiares. De cidade em cidade, de vilarejo em vilarejo já tinha caminhado mais de mil quilômetros a pé, parando algum tempo em cada pequeno povoado, onde seu trabalho fosse necessário. Passou pelas vilas mais longínquas, sempre deixando seus préstimos, onde pregava a existência de um plano maior, muito mais estruturado do que podíamos ver com os olhos carnais. E através das curas que realizava atraía número cada vez maior de pessoas que buscavam explicações para tanta dor.

Fixara-se ultimamente em vilarejo distante da civilização. Construíra pequeno núcleo de atendimento aos necessitados que, cada vez em número maior, o procuravam.

Esquecera-se de si próprio para viver pelos que o procuravam. Assim granjeava para si, momentos de verdadeira comunhão espiritual com tarefeiros de Jesus. Estes o fortaleciam e amparavam, e Antônio conseguia assim, esquecer parte de sua dor.

Orava por dona Cândida todas as noites e por todos os que havia deixado no lar tão saudoso. Rogava a Deus que Sara pudesse encontrar o reconforto, como ele havia encontrado.

Mas a situação dela era bem outra.

Não se conformando em perder seu amor daquela maneira, considerada injusta, cruel, se entregou ao desespero. E não obstante o apoio e a vigilância dos pais, conseguiu driblá-los, partindo à procura de Antônio. Em sua cabeça enferma pelos últimos acontecimentos, julgava que estivesse na cidade mais próxima, esperando por ela. Não tinha experiência da vida nem conhecia a maldade que o mundo reserva aos desprotegidos. Principalmente às mulheres, que caminham sem o amparo de alguém mais experiente, conhecedor dos perigos existentes nas estradas da vida.

Depois de vasculhar a cidade toda sem encontrar seu amado, ao invés de voltar decidiu continuar procurando. Tinha levado algum dinheiro, mas insuficiente para chegar tão longe. Demorou muito para perceber que Antônio estava em algum lugar distante deste imenso país, cuja real dimensão desconhecia. Já havia percorrido muitos lugares, e nem sinal de seu amado. Não sabia mais onde estava, nem tinha como continuar. Mal alimentada, roupas sujas, a aparência de quem viaja sozinha estampava-se em seu semblante assustado. E como acontece aos menos incautos, foi logo assediada, caindo em mãos inescrupulosas de exploradores de mulheres, os quais viram nela presa fácil e lucrativa para seus intentos.

Sara era muito bonita, bem-educada. Dava para notar que não era uma moça qualquer. E isso representava ainda mais lucros aos olhos dos aliciadores, os quais já se regozijavam com a quantia em dinheiro que conseguiriam com a entrega daquele "pacote precioso" aos interessados.

Quando se apercebeu da situação tentou fugir, mas já era muito tarde. Todos os seus caminhos estavam bloqueados. Raptada e transportada durante a noite, foi trancafiada em um quarto de local distante. E dali partiria, segundo seus sequestradores, no dia seguinte para outro lugar onde seria vendida como escrava.

Passou a noite deitada no chão frio sem nada que a

pudesse aquecer e chorou copiosamente. Lembrava-se do lar que deixara em busca daquele que representava ainda para ela a felicidade maior. Desesperada, sem encontrar solução para os problemas junto à família, agora estava diante de um perigo iminente e não tinha a quem recorrer.

Naquele momento, lembrou-se dos estudos que faziam em casa e das palavras de Antônio ensinando a cultivar a fé acima de tudo.

— Como se deixara levar por impulso tão perigoso? — pensava. — Onde estava com a cabeça quando decidiu sair de casa daquela maneira? Jamais se afastara de seu lar sem a companhia dos pais. Não conhecia nada. Não poderia ter feito aquilo. Estaria ficando maluca?

Parecia estar acordando de um pesadelo que lhe assomara a alma, mas ainda vivia dentro dele, e não tinha como fugir.

Recordou-se mais uma vez da figura do noivo. Pareceu vê-lo proferir uma prece que a envolveu naquele instante elevando-a, como acontecia quando se uniam para orar. Rogou a Deus com tanta firmeza que avistou pequena luz azul acercando-se do quartinho onde fora trancafiada. Na medida em que se aproximava, transmitia-lhe confiança e esperança. Embalada pela doce visão, vislumbrou o rosto de sua mãe carnal. Não mais se recordava de sua fisionomia, mas, sem saber, reconheceu-a imediatamente. E sem conseguir mover-se ouviu-lhe a voz a dizer com doçura:

— "Tenha calma, minha filha, estou aqui para ajudá-la. Está desesperada e com razão. Mas o que está acontecendo é devido à não aceitação dos desígnios divinos. O passado, ressarcido com as lágrimas de hoje, proporcionará a paz no futuro. Não se entregue dessa maneira. O sofrimento de hoje é reflexo dos equívocos do passado. Mas ainda é tempo de absorver-lhe os ensinamentos valiosos, aplicando-os mais tarde em favor de outras criaturas. Não se revolte. Aquiete seu coração, que precisa de cuidados especiais, porque ainda tem muito a realizar nesta oportunidade que Deus lhe concede. Ame seu irmão, mas não queira aproximar-se mais dele. Ainda não lhes será permitida a união como desejam. No entanto, deve lutar para realizar outras tarefas que lhe foram confiadas, e obter assim o aval para o reencontro no futuro, livre dos débitos que hoje lhe ofuscam a felicidade. Continue orando e rogue a Jesus o socorro para este momento, e ele não a desampará. Fique em paz."

E assim dizendo, foi se distanciando até desaparecer no infinito, que já não se limitava às quatro paredes do local apertado.

Sara acompanhou extasiada aquela visão maravilhosa com saudade da mãe. E quando voltou a si, ouviu passos que se aproximavam. Olhou pela fresta da porta e viu alguém, que parecia ser um viajante, puxando as rédeas de um animal, absorto em pensamentos. Ela não hesitou em pedir-lhe socorro, mesmo correndo o risco de ser ouvida pelos que a aprisionaram. O bom homem, localizando-lhe o chamado, aproximou-se cuidadosamente e foi logo arrombando a janela permitindo sua fuga. Amparou-a fazendo significativo gesto para que não fizesse barulho e levou-a para bem longe.

Quando puderam parar, sentindo-se em segurança, ela, ainda assustada, contou o que lhe havia acontecido. Comovido ele a protegeu e providenciou para que regressasse ao lar em segurança.

Passaram-se mais alguns anos, e a moça, ainda triste, pensava muito em Antônio. Até que, um dia, apareceu alguém em sua vida. Amaro, homem gentil e educado, com a experiência adquirida no decorrer dos anos, conseguiu conquistar seu coração. Casaram-se e tiveram três filhos, enchendo de alegria o coração dos idosos pais, que já se sentiam solitários. Dona Cândida continuou junto deles, amando as crianças como verdadeiros netos. A felicidade, finalmente estabelecera-se naquele lar. Até que dona Cândida, vitimada pela tuberculose, desencarnou abençoando os amigos que sempre a amaram e ampararam.

Sara e Amaro ficaram morando com os pais durante alguns anos, enquanto construíam uma casa confortável na cidade, e depois transferiram-se para lá.

Senhor Lourenço andava muito cansado do trabalho exaustivo que a propriedade exigia para manter-se produtiva. Muitas vezes pensou em vender tudo e mudar para perto da filha e dos netos tão queridos, dos quais sentia muita falta.

Não demorou muito e foram morar juntos novamente, agora, na casa de Sara, na cidade.

Amaro administrava uma empresa marítima que cuidava de exportação. Ausentava-se do país com frequência para realização de negócios, pois a matriz situava-se na Itália. Não gostava de deixar a família desprotegida em suas viagens, por isso ficou feliz com a ideia de ter os sogros novamente em seu lar. Tinha por eles consideração e o maior respeito.

Com o passar do tempo foi sendo requisitado para cargos de maior responsabilidade e precisou mudar-se para a Itália, levando consigo os pais de Sara.

Eles já gostavam do Brasil, mas ficaram muito felizes em voltar para a sua terra natal. Passaram a morar na região central do país, numa cidade próxima à Roma.

Não era seu lugar de origem, mas estavam de volta a tão querida Itália. A situação financeira do genro era privilegiada. Gostando muito dos sogros, vivia propiciando-lhes passeios e viagens aos pontos mais desejados de seu velho país natal. Matavam as saudades revendo parte da parentela que julgavam totalmente perdida desde a imigração. Seus últimos anos vividos na Terra transcorreram com muitas alegrias.

Muita coisa estava modificada. A casa onde morou a família de Antônio já não existia mais. Pontes ligavam as montanhas, antes separadas por fendas profundas e várias cidades cresceram ao redor delas, entrecortadas por rios e ladeadas pelo velho e surpreendente vulcão, que parecia novamente extinto.

Indústrias e autovias espalhavam-se pelos arredores onde a lava correu, deixando uma paisagem totalmente diferente da anterior.

O casal adotou mais duas crianças, somando-se o total de cinco filhos, que se tornaram adultos sem que percebessem o tempo passar.

Trabalhavam muito para sustentá-los com conforto e regalias que poucos possuíam.

Estudaram nas melhores escolas e tiveram inúmeras oportunidades para progredir, porém poucas foram aproveitadas.

Não obstante o esforço dos pais facilitando-lhes a boa educação, apenas dois deles tornaram-se independentes financeiramente, mantendo o mesmo padrão moral familiar.

Os demais dependiam deles para sobreviver. Mal atingiram a maturidade, e já estavam comprometidos com vícios que lhes custaram uma vida de muito sofrimento. Proporcionavam profundo desgosto em retribuição ao esforço dos que os amavam verdadeiramente.

Sara e Amaro já não se entendiam tão bem. Ele mudava frequentemente de comportamento. Agredia a esposa, responsabilizando-a pelas inclinações dos filhos, e ela não podia compreender a razão daquelas acusações.

Nos primeiros anos de casamento, enquanto os pais dela moravam com eles, todos praticavam os estudos espíritas. Era costume da família há muito tempo, e Amaro chegara a manifestar mediunidade ostensiva, recebendo comunicações confusas e agitadas várias vezes. Porém, os sintomas eram desagradáveis para ele. Sentia a forte influência de espíritos desajustados e não quis mais doar-se àquele tipo de trabalho. Se persistisse aprenderia, com o tempo, a dominar os efeitos negativos das manifestações dos espíritos sofredores, mas preferiu fugir ao compromisso.

Afastou-se dos trabalhos mediúnicos e dos estudos logo que os sogros morreram. E chegou mesmo a proibi-los em seu lar. Daí por diante o relacionamento entre o casal e os filhos ficou cada vez pior.

Amaro já não conversava com Sara, senão para cobrar-lhe tarefas incompletas, ou para acusá-la injustamente. A situação se agravava quando ele precisava ausentar-se do lar por vários dias. Verdadeiras crises de ciúmes assolavam sua alma sofrida. Acusava-a de adultério e outras práticas infelizes. Nada que ela respondesse fazia diferença em suas atitudes agressivas. Muitas vezes ela se calava perante as acusações injustas, porque assim a cólera do companheiro diluía-se mais rapidamente.

Seu comportamento, antes temperado com o bom-senso, tinha mudado muito. Parecia dominado por doença psíquica. A princípio só se indispunha com Sara, mas posteriormente adotou atitudes estranhas dentro da empresa, colocando os negócios em risco e criando situações delicadas com funcionários. O mais grave é que seus equívocos não passaram despercebidos pelos superiores, que já colocavam dúvidas sobre sua permanência naquele posto.

Em 1947, a segunda guerra deixara seu rastro destruidor e a situação econômica da região enfrentava nova crise. As grandes empresas, principalmente as que dependiam de relações exteriores, passavam por momentos de dificuldades.

Medidas de emergência tornaram-se urgentes. A redução de custo incluía a dispensa dos funcionários mais bem remunerados, substituídos por outros menos capacitados e mais baratos.

A filha mais nova do casal havia se casado e deram a Sara e Amaro a única neta que eles puderam conhecer. O marido era trabalhador, mas nascera em berço pobre e lutava com dificuldade para equilibrar o orçamento doméstico. A filhinha, agora com seis anos, era portadora de doença grave, para a qual a medicina ainda não havia descoberto a cura.

Os avós amavam muito aquela criança, não podiam aceitar a ideia de perdê-la, e tudo faziam para restituir-lhe a saúde.

A doença era grave, os conhecimentos da medicina tradicional, limitadíssimos, e naquele caso não restavam muitas esperanças.

O sofrimento se estampava nos rostos dos familiares. Precisavam salvá-la.

Muitos que os conheciam, condoídos com o grave problema que enfrentavam, compadeciam-se do sofrimento daquele anjinho inocente. Então inúmeras receitas de curas alternativas eram indicadas. Amaro, revoltado, desconsiderava tudo se dizendo farto de tolices. Mas um funcionário subalterno procurou-o afirmando que havia um homem, que vivia na região norte do Brasil, capaz de curar sua neta. Deu o depoimento pessoal da experiência vivida por sua esposa:

— Ele tem poderes sobrenaturais — dizia o homem com a simplicidade que lhe era própria. — O senhor precisa acreditar. Ele curou minha esposa, que estava desenganada pelos médicos. Ela me acompanhou numa viagem que fizemos a serviço e ficou lá durante algumas semanas no hospital que ele mantém numa tenda de sapé. Quando fui buscá-la, era outra pessoa. Estava curada. Ele usa somente rezas e ervas e não cobra pelos serviços. Mora no meio da floresta e vive frugalmente. Vendo-o, nem acreditará em seus poderes divinos, porque sua aparência é muito simples. Mas pode conseguir qualquer coisa. Dizem que ele fala com os espíritos e, são eles que curam por intermédio do homem santo. Quando fui procurá-lo, confesso que fiquei apreensivo com essa história de espírito. Mas ele ora com tanta fé, que consegue nos envolver. Só o ouvi falar em Deus e Jesus, e não pronuncia nome de espírito algum, embora afirme ser intermediário deles.

Era difícil para Amaro, acreditar em tais coisas. Acostumado a defender o patrimônio confiado em suas mãos contra a dura investida de charlatães, desacreditava das coisas simples, entendendo ser fruto da ignorância e do fanatismo alheios. Esquecera-se de tudo o que aprendera participando das antigas reuniões familiares.

A luta e os problemas que carregava haviam endurecido seu coração. Por isso, a princípio, não deu muita importância para aquela história. Mas quando se acercava da neta e a via naquele estado de sofrimento intenso, lembrava-se das palavras daquele homem simples que agradecia a Deus pelo benefício recebido pela esposa. O tempo da criança parecia estar se esgotando. Por que não tentar? Não tinha mais nada a perder...

Mandou chamar o funcionário e obteve explicações detalhadas do local onde vivia tal criatura que talvez pudesse ajudar a menina.

Era no Brasil e eles estavam na Itália! Valeria a pena arcar com tal dispêndio? Como levar a menina tão longe? Não suportaria a viagem cansativa. Teria que trazê-lo até ela. Deveria haver outro curandeiro mais próximo e mais fácil de ser contatado. Mas o funcionário deu-lhe provas convincentes da atuação benéfica deste tal Antônio, que valeria a pena tentar. Ainda hesitante deixou que mais alguns dias se passassem. Mas o desespero encurralou-o até que tomou a decisão mais ousada de sua vida.

Conseguiu um avião, de uma empresa que prestava serviços ao patrão, e com a ajuda de amigos que providenciaram, rapidamente, a documentação exigida para a viagem, partiu para o Brasil, ao encontro do homem.

Ainda inseguro e incrédulo da decisão tomada, avaliava: — Quanto vale a felicidade de alguém que se ama muito? Sabia que não poderia comprá-la, mas o dinheiro facilitaria, disso não tinha a menor dúvida. Tudo o que mais desejava naquele momento era o restabelecimento da neta. Seria grato a Deus eternamente se alcançasse essa bênção, mas não deixava de se sentir um idiota correndo atrás de algo tão duvidoso.

O avião parou a quilômetros do local onde se encontrava o curandeiro, e sacrificou-se até finalmente chegar. Mas, ao conhecê-lo, mudou seu conceito sobre tudo o que julgara precipitadamente. O que viu o encantou.

Embora vivesse numa palhoça, sem conforto algum, notou que a limpeza e a organização predominavam. Havia pequeno posto de atendimento montado ao lado de sua humilde residência, onde funcionava simples modelo de rústico hospital. Filas de pessoas necessitadas formavam-se na porta. Muitas crianças entravam chorando e saíam sorrindo e brincando. Mães desesperadas adentravam aquele lugar retornando com aparente conforto, portando sempre algum alimento entre os medicamentos para os filhos.

Amaro, com a atitude modificada pela visão e a influência do ambiente de paz encontrado, pediu a Antônio que o ajudasse, em nome de Deus. Contou a razão de ter vindo até ali, e aguardou o final do atendimento aos que esperavam. Quando não havia mais ninguém, a noite já estava cedendo lugar à madrugada, os dois conversaram demoradamente. Antônio hesitou ao deixar seu posto de responsabilidade. Mas não podia recusar o pedido feito com tanta aflição, por alguém que lhe parecia dotado de amor tão grande. Convencido da necessidade de partir imediatamente, processou as urgências e confiou o trabalho a pessoas de boa vontade que o auxiliavam, treinadas ao longo do tempo, em condição de substituí-lo por alguns dias.

Tinham o apoio do consulado italiano no Brasil, que, ciente da descrição da situação da neta de Amaro, providenciou os documentos necessários com urgência e saíram rumo ao aeroporto, partindo em seguida no aparelho fretado com o aval da empresa onde trabalhava. Pensava que poderia ser inútil tal esforço, e talvez o curandeiro não correspondesse às expectativas da família. Mas, ainda assim, valia a pena arriscar.

Sem saber, Antônio retornava ao seio da família que abandonara por imposição do destino, há muitos anos.

13
Reencontro de Sara com Antônio

Na chegada, Antônio acompanhando Amaro, foi apresentado à filha deste, ao esposo e à menina Nancy. Nenhum deles podia reconhecê-lo. O irmão de Sara também não sabia da existência da nova família que ela constituíra. Cumprimentaram-se como estranhos, que eram na realidade uns aos outros, sem se dar conta da importância daquele encontro.

Depois de examinada a criança e ouvidas as declarações da mãe sobre o mal que a acometia, Antônio convidou-os a auxiliá-lo numa prece. Depois dedicou-se aos cuidados do passe e da fluidificação da água que, a seu pedido, tinha sido providenciada em uma jarra sobre a mesinha de cabeceira da menina.

Não era bem isso que esperavam os familiares, ansiosos por cenas convincentes representando o milagre da cura imediata da enferma.

Na verdade, por falta de conhecimentos aprofundados sobre a doutrina espírita, depositaram muitas esperanças, quando souberam da vinda do homem considerado milagroso. Julgaram que algo de sobrenatural deveria acontecer desde os primeiros contatos.

E ficaram um pouco decepcionados com a discrição e a simplicidade com que ele se colocou em prece e dirigiu sua mão para a cabeça da paciente, sem provocar fenômenos maravilhosos. Retiraram-se todos para o descanso noturno, aconselhados por Antônio, que pediu para permanecer ao lado da criança, velando-a durante a noite.

Amaro foi informado que Sara havia viajado para a França em busca de ajuda para Nancy. Ficou furioso. Ela não tinha o hábito de tomar decisões sem consultá-lo. Nunca havia se afastado de casa sozinha e era estranha aquela situação. Mas deixou para resolver quando ela chegasse.

No dia seguinte, quando se reuniram no quarto para certificarem-se do estado da menina, ela parecia mais animada, sorria e alimentava-se como não o fazia antes.

Esperanças renovadas, apesar da aparente pouca atuação do religioso e cada um procurou os seus afazeres, confiando, novamente, a guarda da menina a Antônio.

Este, a sós com Nancy, elevou o pensamento a Deus e rogou mais uma vez o auxílio dos amigos espirituais para a pequena, que sob cuidados e passes, dormia tranquila.

Concentrado na oração, viu a figura conhecida da mãe, que o acompanhava naqueles trabalhos e a ouviu dizer com ternura:

— Filho querido, meu coração vela por todos vocês há muito tempo, e agradece a Jesus ter-nos permitido estar novamente juntos. Urge tomar as decisões acertadas. A vida os envolve novamente em situações melindrosas, e venho com a permissão de superiores, porque esse benefício já é possível devido a sua persistência em dedicar-se a causas nobres em socorro aos semelhantes. A irmãzinha necessitada de cuidados especiais, traz consigo delicadas correções perispirituais do pretérito, que já podem ser sanadas. Ela precisará do recurso espiritual e depois da intervenção da medicina tradicional terrena que já começa a habilitar-se no caso específico de nossa doente. Buscar a cura é dever de todos, porque precisam do corpo físico para continuar suas experiências. Será dada a sugestão para a busca de centros mais avançados de pesquisas. Não hesite em apoiá-la. Estamos guiando e vibrando pelo sucesso da enferma e de todos vocês. Esperando, no final da trajetória, o retorno jubiloso e a libertação dessas almas em aprendizado, que nos falam tanto ao coração. Sustentará com sacrifícios os benefícios a serem colhidos, mas se o amor prevalecer, serão compensadores.

Assim dizendo, ainda utilizando as doações fluídicas de Antônio, como fazia há muitos anos trabalhando em conjunto no atendimento aos necessitados, realizou, junto aos médicos espirituais ali presentes, os primeiros reparos necessários no corpinho debilitado pela desordem física e espiritual. E despediu-se deixando um clima de indescritível bem-estar no ambiente.

Se aquelas palavras trouxeram confiança, também provocaram ligeira confusão para Antônio que, até então, desconhecia suas verdadeiras ligações com aquela família.

Naquele dia, o segundo da sua permanência ali, Amaro voltara do trabalho incomodado. Na verdade, sentia-se um tanto envergonhado por ter trazido aquele homem para casa e ter confiado a ele os cuidados da neta. O impulso deveu-se ao desespero, mas estava arrependido e precisava livrar-se dele. Mas como? Ele era manso e dócil com todos e a menina havia melhorado e parecia sentir-se bem na presença dele.

Era visível o amor que dedicava àquele trabalho, e não era difícil alguém amá-lo imediatamente. Sobretudo se esse alguém estivesse preso a uma cama, sofrendo muito. Suas palavras eram confortadoras e suas mãos pareciam conter bálsamos quando se dirigiam à cabeça dos pacientes. Mesmo assim, sua presença o incomodava. Parecia que o conhecia de algum lugar, mas de onde? Vasculhara sua lembrança, e não identificara aquela fisionomia familiar. Nunca tinha estado no norte do Brasil quando vivera lá, principalmente naquelas regiões distantes onde ele vivia e trabalhava.

Decidiu levá-lo de volta ao seu lugar. Esperaria pela volta de Sara, esta deveria acertar contas com ele por sua ousadia. E depois providenciaria o retorno de Antônio para a floresta, de onde não devia tê-lo retirado.

Mandou chamá-lo para informar sua decisão, quando Sara chegou.

Estava entusiasmada com o novo rumo e as possibilidades de salvar a vida da neta, que tinha conseguido, junto a amigos que residiam na França.

Neste país, uma universidade experimentava nova

técnica que permitiria a realização de transplante. Já tinham realizado em animais, com relativo sucesso. Não podiam garantir o êxito ainda em humanos, mas diante da situação de Nancy, colocada por Sara, não havia tempo nem outra opção. Por influência de amigos catedráticos, conseguiram sensibilizar os cientistas para a tentativa, assumindo a responsabilidade sobre o resultado. Se desse certo seria um grande passo adiante para a medicina, embora fossem deparar com dificuldades burocráticas.

Mas ainda havia um problema a resolver. Precisavam de um doador que só poderia ser encontrado no núcleo familiar. Sara submeteu-se aos exames, sendo recusada por incompatibilidade genética. Restavam-lhes os demais membros da família para examinar, na esperança de que algum deles pudesse ser aceito.

As novidades aqueceram os ânimos de todos. Amaro até havia se esquecido de que mandara chamar Antônio para comunicar-lhe sobre a dispensa de seus préstimos e o seu imediato retorno ao Brasil. E também se esquecera de punir a esposa pelo desafio de viajar sozinha e sem sua autorização.

Empolgada com as novidades que trazia de sua viagem, Sara explicava com detalhes o que podia ser feito, quando Antônio entrou na sala onde se reuniam. Foi apresentado a ela com certo constrangimento, pela filha, que, diante da nova esperança, agora julgava pueril a medida do pai, trazendo-o para aquela casa.

Mas quando Sara olhou para Antônio, que se curvara em respeito à sua presença sem mesmo observar-lhe a fisionomia, lágrimas desceram-lhe espontaneamente pela face. Emitiu um grito rouco, que chamou a atenção de todos.

— Santo Deus, não pode ser! — exclamou emocionada. — Antônio!

— Sara, você aqui, na Itália, como isso aconteceu? — pergunta ele sem entender.

Envelhecido, castigado pelas intempéries do tempo, as mãos grossas das lidas no trabalho pesado, mas a mesma expressão de brandura que conhecera nos olhos de seu único amor, infelizmente, também, seu irmão.

Rompendo as barreiras do bom comportamento e educação, e sem temer mesmo pela ferocidade do marido, num soluço correu ao encontro daquele homem, do qual nunca se esquecera e a quem desejara rever durante todos aqueles anos.

Num abraço amoroso os dois se uniram como se estivessem sós no mundo. Chorando e apertando-se um contra o outro, numa expansão, sem malícia, do amor que nem mesmo o tempo nem as situações embaraçosas pelas quais passaram puderam destruir.

Confusos, os demais familiares esperaram que a emoção dos dois se acalmasse para obterem explicações. E foi Sara quem esclareceu.

— Este é meu irmão Antônio, do qual já lhes falei muitas vezes. Nos perdemos quando crianças, quando da tragédia do vulcão, como já sabem. E mais tarde nos encontramos novamente em situação não menos infeliz, quando fomos induzidos ao afastamento definitivo. Quem diria! Estamos novamente lado a lado! Como o destino muda nossas vidas de uma hora para outra, e o mundo, que parece tão grande, torna-se pequeno demais. Pensei que jamais voltaria a vê-lo. Não é uma bênção que esteja novamente entre nós? Mas como chegou até aqui? Não estava no Brasil? Como nos localizou?

— Calma, mamãe — respondeu a filha. — É outra longa história.

— Deixe que eu mesmo explico — respondeu Antônio. — Vim para atender Nancy, a pedido de seu esposo, que soube de meu trabalho com irmãos brasileiros especificamente no norte do país, onde me apontam como curandeiro.

— E como ele ficou sabendo?

— Um funcionário, cuja esposa recebeu benefícios com a cura falou-lhe sobre mim e ele foi buscar-me.

— Eu jamais imaginei que realizasse milagres, Antônio.

— Não realizo milagres. Libero minhas energias e os espíritos que me assistem transformam-nas em fluidos de cura. Aplicando-os de acordo com o conhecimento ampliado que têm. Esses fluidos são capazes de curar quem tenha mérito para isso. Nancy já está recebendo o tratamento espiritual, mas como você sabe, só podemos obter o que Deus nos concede para o nosso bem. Ainda ontem recebi uma comunicação de nossa mãe. Ela é um dos espíritos que me guiam nas tarefas, e confirmou que devemos procurar também a ajuda da medicina humana.

— Nossa mãe! Não me lembro dela, por mais que me esforce — disse Sara. — Quando penso em mãe, a única imagem que tenho é da que me adotou, dona Arlete.

E olhando para o marido, que media seus olhares e

palavras com ar de ciúme e reprovação, acrescentou de modo que ele também pudesse ouvir:

— Não tínhamos mais esperanças, Antônio. No desespero de perder minha neta, eu também parti em busca de alternativas. Viajei sem autorização de meu marido, porque nossos amigos chamaram-nos com urgência. Ele não estava no país, viajou para o Brasil sem me avisar. Se eu não fosse, teríamos perdido a oportunidade de conversar com os médicos que vão nos ajudar. Lancei mão dos recursos que pude, e mesmo sabendo que teria represálias, decidi arriscar.

O esposo aproximou-se e disse:

— Parece que Antônio fez muito bem a Nancy. Ela amanheceu animada e disseram que até quis comer um pouquinho. Mas agora, com a possibilidade do novo tratamento, creio que não precisemos mais prender Antônio aqui. Ele deixou pesadas obrigações para nos servir. Amanhã bem cedo vou combinar com o piloto que o trouxe, para levá-lo de volta o quanto antes.

Antônio quis falar algo, mas Amaro fingiu não ouvir. Rapidamente pediu licença e saiu, levando a esposa pelo braço, para conversarem em particular. Estava visivelmente nervoso e ela podia notar que sua vontade era de provocar nova briga, como tantas que já havia iniciado por muito menos. Por isso controlou-se e ouviu-o com extrema submissão até amenizar sua ira.

Desviou a conversa desagradável, que já tomava rumo de violência, enfatizando as esperanças que conseguira na viagem. E fez com que ele se envolvesse no clima de alegria íntima, no qual ela também se encontrava.

Evitou comentar sobre Antônio, mas mal conseguia disfarçar o quanto lhe abalara a presença dele.

Naquela noite, estavam agradecidos. Renovavam-se as esperanças, e conseguiram dormir sem mais desavenças.

No dia seguinte, Sara acordou bem cedo e foi procurar Antônio que já passeava no jardim. Respirava o ar puro e apreciava a beleza da paisagem bem cuidada que cercava a casa.

Parecia que ele já a esperava. Precisavam daquele momento a sós. Tinham tantas coisas para conversar. Relembraram o passado, muito vivo ainda para ambos, relataram suas experiências posteriores à separação brusca. Ambos percebiam que o amor ainda existia com a mesma intensidade, mas nenhum ousou tomar iniciativa menos digna. Estavam amadurecidos e a posição séria assumida pelos dois perante a vida, ajudava-os a manter as emoções arquivadas em lugar especial do coração.

Sabiam que jamais esqueceriam os sonhos que tiveram juntos, mas deviam aceitar a vida como se oferecia a eles. A verdade é que eram irmãos e essa grande barreira não podia ser transposta. Se antes Sara relutara quanto à separação de ambos, agora já tinha adquirido a compreensão trabalhada pelo sofrimento. Possuía elevação moral suficiente para aceitar os fatos.

Tiveram ali uma conversa que precisava ter acontecido há tempos.

Ela contou parte de suas experiências, incluindo a perda dos pais adotivos, em acidente de navio, numa viagem que tanto desejaram fazer.

Falou também sobre as qualidades do marido, que se desdobrava entre os filhos e a neta. Exaltou-lhe as virtudes, sem ocultar a infelicidade que vivia ao seu lado. Suportava-o apenas para proteger o lar. Pareciam sentir o comprometimento com aquela união áspera e dolorosa e, embora não se amassem há muito tempo, nenhum dos dois pensava em desertar.

* * *

Na verdade, Amaro era um espírito obsidiado por criaturas que lhe consumiam as energias lentamente, sem que ele percebesse. O alvo era Sara, algoz de muitos deles em vidas distantes, cujos atos ainda não tinham conseguido perdoar.

Os espíritos uniam-se a ele por sintonia. Aproveitavam-se de sua vulnerabilidade espiritual, conhecedores da revolta que ele nutria, pelo homicídio planejado por ela, do qual fora vítima em precedente existência. Como marido, ele julgava poder dominá-la. Ela lhe devia obediência e submissão, segundo as leis humanas. Mas assumira o compromisso de recebê-la em matrimônio, perante a espiritualidade, para dar-lhe a oportunidade de resgate. Serviria também de benefício, diluindo a mágoa que ainda carregava dentro de si.

Com os cuidados e o amor da esposa, reconquistaria o equilíbrio perdido pelo padecimento no atentado contra sua vida, planejado por ela e o amante, que agora era Antônio. Mas isso aconteceu no passado distante que veremos depois.

Seu centro de memória guardava todas essas informações pertencentes ao pretérito espiritual. Agora estavam escondidas sob o véu do esquecimento que a reencarnação felizmente proporciona a todos.

Antes de retornar para a experiência atual, Amaro havia passado por um processo de aprendizado e orientação, mostrando-se disposto a perdoar.

Necessitando também recuperar-se dos prejuízos causados pelo ódio que alimentara durante muitos anos contra os que o prejudicaram, Amaro, ciente do avanço espiritual que poderia ter, pediu a mediunidade. Já a experimentara anteriormente, e seria agora a oportunidade de aprender em contato com criaturas elevadas e servir em nome de Jesus. Isto aceleraria seu progresso e o dos que lhe cercassem a existência.

De posse de seu livre-arbítrio inviolável, e respeitado pelos espíritos superiores, esqueceu-se do compromisso. Afastou-se da orientação providencial da parte dos sogros, tão logo percebeu que seriam precisos renúncia, fé, paciência, boa vontade e outras virtudes, para realizar tal tarefa.

Desligou-se do ambiente de trabalho e estudos que lhe propiciaria equilíbrio diante do cumprimento do resgate de forma sublime. Abriu uma fenda por onde começaram a penetrar ideias emitidas por entidades com pouca elevação moral, que desejavam apenas usá-lo para seus intentos de vingança.

* * *

A OPORTUNIDADE DE DESABAFAR com Antônio, deixou Sara aliviada. Confiando-lhe as aflições, que jamais contara a alguém, fez seus padecimentos parecerem mais suportáveis.

Temia adotar comportamento ridículo, por isso vigiava seus gestos e palavras. Sentia os impulsos do amor, mas controlava-os tão bem quanto fizera com a saudade e a dor desde a separação. Ele apenas ouvia atencioso. Quando ela fazia pausas, Antônio envolvia-a com vibrações amorosas e conselhos benéficos, induzindo-a a ter muita paciência e resignação, até que a prova terminasse. Não se comportava como um homem diante da mulher amada. Parecia um confessor dentro de um templo sagrado, onde somente o respeito e a fraternidade alimentassem o corpo e o espírito. Pela primeira vez, Sara olhou-o como a um irmão e companheiro de caminhada. Teve a certeza de estar junto a ele há muito tempo, de terem partilhado um grande amor, que sobreviveria eternamente, mesmo sem o contato carnal. Alimentou-se espiritualmente com os pensamentos elevados que a envolviam e emudeceu, refletindo profundamente sobre a mudança que presenciava em si mesma.

Antônio percebendo nela a necessidade de meditar, calou-se também e longo silêncio pairou sobre eles. Continuaram juntos observando a beleza dos pássaros que cantavam em harmonia.

Depois de algum tempo, falou a Sara sobre o pronunciamento enigmático da mãe, na primeira abordagem ao problema de Nancy, o qual só agora podia ser compreendido.

Ela se referira ao tratamento físico, para o qual Sara

havia viajado em busca de auxílio na França. Só depois de saber da verdade sobre os laços de família que os unia, e as esperanças quanto ao atendimento médico especial avançado que receberia, tornavam-se compreensíveis suas palavras sempre sábias.

O reencontro com a família que julgava definitivamente perdida, fez Antônio repensar sobre a volta ao Brasil. Tinha percebido o arrependimento de Amaro ao trazê-lo para o seio de sua família. Não queria causar-lhe mais desconforto com sua presença. Mas diante das circunstâncias, não podia simplesmente ir embora. Teria que conquistar sua simpatia e permanecer mais um pouco com eles.

Sara pediu-lhe que ficasse apesar da incompreensão do marido. E ele decidiu prorrogar sua permanência até que se completasse o tratamento da recém-conhecida sobrinha neta. Amaro demonstrou claramente não apreciar tal decisão, mas não podia expulsá-lo. Ponderou que Antônio era o único irmão de Sara, tio-avô de Nancy, e isto desarmava suas investidas contra ele.

Pertencia à família e, embora não quisesse admitir, sua neta parecia muito melhor com a presença do intruso, admitindo ou não ser devido ao tratamento espiritual. Ela apegou-se muito a ele, fazia até mesmo algumas manhas para que ele lhe desse mais atenção.

Apesar da antipatia, era preciso ter paciência até que a criança participasse da experiência científica. Com o resultado positivo ou não, ele voltaria para sua floresta espontaneamente, deixando-os em paz.

Foram muitas semanas de preparação.

No convívio com a criança, Antônio se entregava

cada vez mais ao atendimento espiritual que ela necessitava. Sentia o clima espiritual desfavorável, pairando na casa e procurava manter o ambiente equilibrado para que os bons espíritos pudessem mais facilmente trabalhar em seu benefício.

Tentou de todas as formas conquistar a simpatia de Amaro, mantendo-se afastado de Sara para não lhe despertar ciúmes. E aos poucos foi vencendo as dificuldades de relacionamento com ele.

Dava-se muito bem com Nancy. Havia algo especial naquela criança que lhe parecia muito familiar. Passava horas ao seu lado, sentado perto do leito, segurando sua mãozinha. Contava histórias e tentava reanimá-la nas crises de fraqueza, quando ela parecia entregar-se ao desânimo.

Dava-lhe o alimento na boca e ouvia com atenção e carinho as narrativas que ela também gostava de fazer. Muitas vezes ela olhava para ele com extremada ternura. Seus olhinhos pareciam penetrar a alma de Antônio que, recebendo o carinho contagiante, perguntava-se:

— Quem seria aquela criança que lhe falava tanto ao coração? Era tão querida! Estavam juntos há tão pouco tempo, mas seria capaz de fazer qualquer coisa por ela. Não era apenas compaixão pelo seu estado de saúde, havia um sentimento muito mais profundo, que não sabia explicar.

Semanas se passaram e o resultado dos exames realizados chegaram.

Para o desespero de todos, nenhuma das amostras colhidas poderiam ser utilizadas no transplante, não eram compatíveis. O desespero abateu-se sobre todos.

Os médicos que investigavam o caso desmarcaram a experiência. Sem doador, apagavam-se as esperanças.

Foi então que Antônio lembrou-se de que, como irmão legítimo de Sara, também fazia parte da família consanguínea. E consequentemente poderia ser um doador. Sem perda de tempo ele foi submetido aos exames.

O parentesco entre os irmãos, que lhes causou tantas dores, talvez pudesse ser a salvação da criança querida.

Era a última esperança para Nancy. A atenção de todos voltou-se para o resultado.

Mais alguns dias e, finalmente, a resposta positiva encheu de alegria e esperanças aqueles corações.

Amaro mudou sua postura diante de Antônio, passou a tratá-lo com gentileza. A presença indesejável, e até difícil de suportar, agora representava a porta para a felicidade.

Findos os exames complementares, e vencidos os cuidados com a segurança de não serem descobertos pelas autoridades, que impediriam tal ato, o tratamento foi feito com resultado altamente positivo. Nancy recuperava-se com boas chances de cura. Seria ainda preciso uma série de cuidados e intervenções médicas para completar o tratamento, mas o resultado era animador, e a esperança voltava a iluminar o semblante de todos.

Os médicos jubilosos não se descuidavam da paciente. Ela representava a prova do progresso nas pesquisas naquela área, e contavam com a discrição da família quanto a ousadia realizada.

Antônio, tão logo acordou da sedação, soube, com alegria, da grande probabilidade de cura de Nancy. Parecia aguardar unicamente essa informação para exteriorizar o mal que o acometia.

A febre, que já o acompanhava, aumentou e ele entrou num estado de apatia geral. Sentia dores por todo o corpo e logo tornou-se a preocupação principal dos médicos, que tudo fizeram por conter-lhe a infecção generalizada que acabou lhe ceifando a vida.

Desencarnou dias depois, abençoando intimamente a oportunidade de rever a família e saber que a menina estaria salva.

A tristeza de perdê-lo tornara-se pequena para as pessoas que mal tiveram tempo de conhecê-lo, diante da alegria de ver Nancy voltando lentamente à vida normal. Ocupados com os cuidados especiais que seu estado exigia, lamentaram o ocorrido, agradecidos pela oportunidade de salvar a menina, mas não tinham razão para muito sofrimento.

Apenas Sara sentia com intensidade a dolorosa perda, embora seus conhecimentos sobre a vida após a morte do corpo físico lhe dessem forças para compreender e aceitar melhor a prova áspera.

Debruçada sobre o corpo inerte de Antônio, nos poucos minutos que lhe foram concedidos para ficar a sós, depois do desenlace, perdeu-se num balanço triste de sua vida.

Não tinha lembranças da primeira infância, mas a mocidade chegou para ela junto com a perda do único homem que amou verdadeiramente.

O esposo, era um homem relativamente bom para os filhos e correto nos negócios, dirigindo com sabedoria e astúcia o sucesso financeiro da família. Era um lutador que nascera pobre e enriquecera com o próprio esforço.

Durante o namoro, e nos primeiros anos do casamento, cuidou dela com carinho especial, despertando-lhe sentimentos nobres que poderiam ser confundidos com o amor. Integrou-se tão bem à família dela, que até participava dos estudos religiosos e demonstrou possuir faculdades mediúnicas. Mas quando surgiram as primeiras dificuldades, ou seja, os primeiros desconfortos diante da necessidade de doação às criaturas sofredoras, afastou-se de tudo, esquecendo-se do que já havia conquistado.

Pouco tempo depois, passou a ter um comportamento desequilibrado, principalmente em relação à Sara. Brigas constantes, acusações injustas, verdadeiras crises de ciúmes lhe alteravam o humor nas melhores horas e desfechava-lhe agressões morais que ela não merecia.

Enquanto dona Arlete e o senhor Lourenço eram vivos, ele se mantinha mais dócil, e era sustentado pelas preces de todos. Depois da morte dos dois, tornou-se ainda mais agressivo chegando mesmo a desfechar golpes físicos contra a esposa. Foram tantos desatinos que acabou por proibir as reuniões de estudo, como estavam habituados a fazer.

Sara vivia assustada, e tudo fazia para conter-lhe a violência. Estudava, às escondidas, nas horas em que ele se ausentava para o trabalho. Devia dar continuidade à sustentação do ambiente do lar.

Os filhos também se dispersaram e acabaram por abandonar a prática do que lhes garantia a paz.

Amaro evitava a presença da esposa nos momentos

de harmonia e felicidade que dividia com os filhos. Somente a requisitava para cobrar-lhe deveres ou para criticar tudo que podia.

A princípio, ela sofria muito com a mudança brusca de comportamento dele que sempre demonstrara retidão e bondade para ela e sua família. Tentou ajudá-lo de várias formas. Procurou fazer o que ele julgava certo, agradando-o mesmo quando suas exigências eram castradoras e martirizantes. Mas o resultado era o mesmo. Seus esforços não ajudavam em nada.

Com o passar do tempo, ela não tinha mais forças para lutar. Nem brigas tinham mais. Acostumou a sentir-se isolada da vida dele e a indiferença era recíproca. Mal se falavam.

Sara, refugiou-se no trabalho do lar e nas horas vagas passou a empreender pequenas tarefas de caridade fora dele, para ocupar-se. A princípio ele não aceitava suas saídas, e ela muitas vezes, ausentava-se quando ele estava fora, buscando naquele trabalho externo, as forças necessárias para suportar as dificuldades enfrentadas no lar.

Assim aprendeu a conviver com seus problemas. Ouvindo as dores alheias, conformava-se com as suas. Retornou aos estudos, e nas horas mais difíceis recorria à prece. Assim, apegando-se a Deus e aos amigos espirituais que identificara no lar paterno, conseguiu paciência e coragem para manter o lar estruturado.

Queria que os filhos tivessem segurança e amparo para receber a orientação necessária. Para isso precisava contar com o esposo, que, embora grosseiro e intransigente com ela, era um pai extremamente zeloso.

Isso só lhe foi possível, pela ajuda que nunca falha a

quem se dispõe a obtê-la, submetendo-se aos sacrifícios que esse grande bem requer. A paciência, a doação de si mesma a causas edificantes, a tolerância, o perdão às ofensas recebidas, e o mais importante; a aquisição de conhecimentos que propiciassem esse estado de compreensão. Certo que não possuía todas essas virtudes, mas lutava por adquiri-las.

Sabia que Amaro estava perturbado por criaturas das sombras que o usavam para desferir seu ódio sobre ela, devedora em tempos remotos.

Informações através de comunicações mediúnicas que, às vezes lhe eram dirigidas na casa onde servia como voluntária em obras de caridade, conseguiram redobrar sua paciência e amenizar o sofrimento que lhe era imposto, sem abandonar quem tanto a magoava.

Sabia que tinha muitas dívidas e só conseguiria resgatá-las através do esforço próprio, vencendo as provas ásperas que a rodeavam.

Os filhos foram crescendo, e embora ela lhes ensinasse, às escondidas, muito do que sabia sobre a doutrina dos espíritos, nenhum quis acompanhá-la na fé que abraçava.

Julgavam-na conformista e passiva demais diante das ofensas recebidas. Não queriam tornar-se iguais a ela. Desprezavam sua crença para apegar-se a nenhuma outra, optando por aproveitar o que de melhor a vida lhes pudesse oferecer.

Todos já eram adultos e cada um seguia seus instintos, cometendo erros sem que ela pudesse interferir. Não tinham capacidade para compreender aquela que lhes falava ao coração.

Sua dedicação à família, e os exemplos de humildade e resignação, foram interpretados erroneamente por todos. Julgavam-na fraca e impotente para resolver os próprios problemas diante das agressões do pai. Portanto, incompetente para aconselhá-los em qualquer situação.

Ainda debruçada sobre o corpo de Antônio, voltou à realidade com a entrada brusca dos enfermeiros que vinham retirá-lo e preparar o corpo para o sepultamento.

14
Despertar de Antônio

No mundo espiritual, Antônio era recebido com muito carinho. Transportado pelos braços amorosos da mãe, que lhe acompanhara o trabalho na existência terrena, recebia as vibrações que o auxiliavam na harmonização de toda sua estrutura, agora muito mais leve.

Amparado, de olhos fechados sentiu-se flutuar entre os perfumes suaves da natureza que tanto amava. Ouvia o som dos pássaros a cantar a sua volta. Não tinha ainda certeza de que trespassara as barreiras do túmulo, mas sentia-se leve. E, ainda de olhos fechados, ouvia vozes de pessoas queridas a cumprimentá-lo com alegria e crianças cantando hinos ao seu redor.

Orou agradecendo por tudo que o fazia feliz e abriu os olhos lentamente vislumbrando a paisagem projetada ao longe, que enchia seu coração de saudade. Era a imagem da fazenda onde viveu, plasmada pelos familiares que, fora do alcance de sua visão, trabalhavam por garantir-lhe um bom despertar.

Podia ver à sua frente, uma montanha tornando-se verde e muito viva. Em seguida, a plantação de uvas que se estendia qual tapete até o casarão, onde a chaminé soltava fumaça, como antigamente.

Na varanda havia crianças a correr e pôde reconhecer os gritinhos de alegria das irmãs menores, brincando descontraídas. Os cachorros latiam abanando a cauda em festa como se visita agradável se aproximasse. Era impossível conter as lágrimas a correr-lhe dos olhos, quando de repente a mão de sua mãe, que o enlaçava, deslizou sobre seu rosto a enxugá-las. Percebendo-lhe o contato, começou a enxergar a realidade. Durante todos os anos em que trabalhara em terras brasileiras com as criaturas que lhe vinham pedir socorro espiritual, podia ouvir a mãe e vê-la, mas jamais sentir-lhe o toque como agora. Pertenciam a planos diferentes. Esfregou os olhos num gesto mais ousado, mas a visão não se desfez. Então, notando-lhe a indignação, aquela voz, companheira de muitos anos através da mediunidade, falou, sem precisar de outros recursos:

— Desperte, filho, e não se assuste! Estamos novamente juntos. Ainda permanecemos próximos do local onde passou seus últimos dias de existência física, mas você já está livre do corpo que lhe envolveu o espírito para mais uma experiência na Terra. A passagem costuma ser perturbadora para os que não têm conhecimento da existência depois da vida carnal. Bem como para os que, mesmo tendo conhecimento, não acreditam plenamente nela, ou não se preparam adequadamente. Mas você já conhece os mecanismos da passagem. Já fez, muitas vezes viagens semelhantes ao nosso plano, para a aquisição de conhecimentos que lhe sustentaram o trabalho na Terra. Aquiete-se, pois de agora em diante poderá vislumbrar horizontes mais felizes, percebendo melhor o ambiente que o rodeia. Tudo o que deixou na Terra terá sua continuidade, não se preocupe. Alguém cuidará a contento do empreendimento iniciado com amor. Aproveite a paisagem, que foi plasmada pelos nossos entes queridos, para dar-lhe as boas-vindas. Ela se desfará em breve, mas entre doces recordações e abraços de saudade, reafirme os laços de amizade e de amor, que nunca deixaram de existir. Terá à sua disposição o tempo necessário para o refazimento, no qual estaremos ao seu lado, graças à bondade infinita do Nosso Pai. Se for de seu agrado, poderá ficar até que se encerrem os funerais, prestando respeitoso agradecimento ao corpo que lhe serviu ao resgate e aprendizado. E depois seguiremos para uma colônia espiritual, onde muitos outros amigos, conquistados ao longo de sua vida de abnegação, esperam-no com flores de alegria. Vim para trazer-lhe o meu carinho, que nunca se esgotou. E para dar-lhe suporte nessa hora que traz perturbação às criaturas. Não posso ficar muito ao seu lado agora, o dever me chama. Deixo-o em companhia dos que nos integraram a equipe de trabalho e assistência, prometendo visitá-lo assim que me for permitido. Fique em paz, e que Jesus o abençoe.

Assim, a mãezinha de Antônio entregou-o aos braços do pai, que o conduziu com cuidado e carinho, para dentro do antigo lar, plasmado ali como presente do coração dos que o amavam.

Dentro de seu próprio quarto, que se apresentava tal como era antes, olhou cada uma das figuras tão queridas e abraçou-os com lágrimas de saudade, agradecimento e emoções sublimes.

Parecia estar sonhando, como tantas vezes o fizera. Apenas à mãe, estava ligado constantemente pelos serviços prestados em conjunto às comunidades, às quais servia. Mas o pai, tão querido, e as outras irmãs, que pereceram naquela noite fatídica com as lavas se derramando sobre todos, ele não via desde a tragédia.

As meninas tinham crescido, estavam lindas e sorriam para ele com imensa ternura. Seu coração palpitou forte quando viu dona Cândida, com uma fina luz perolada, vindo ao seu encontro. Envolveu-o com muito carinho, enquanto os demais familiares e amigos, entoavam doce canção, recordando-lhe a infância, quando costumavam cantar ao redor da árvore na noite de Natal, na casa da fazenda.

Mais ao longe, muitas criaturas às quais ele levara conforto no final da existência terrena, aproximavam-se uma a uma, para dar-lhe boas-vindas. Agradeciam pelos benefícios recebidos, e, enquanto esperavam a vez, sustentavam o ambiente harmonioso com suas preces.

Antônio estava perplexo diante de tantas demonstrações de afeto. Mal se refazia de uma emoção e logo vinha outra. Não pensava ter tantos amigos, nem que o amassem tanto!

Terminada a festa amorosa pelo seu retorno ao plano, de onde saíra com tantos planos e o receio de não conseguir realizá-los, já se sentia vitorioso, só pelo modo como fora recebido.

Encerradas as cerimônias do funeral, ele foi acomodado em uma colônia. Dias correram tranquilos em contemplação da natureza exuberante que o cercava. A paz daquele lugar convidava-o a refletir sobre a última existência, única que conseguia recordar até então.

Voltava à normalidade e já havia perdido o aspecto cansado pelo sofrimento de tanto tempo. Mantinha-se sereno e andava livre pelos caminhos silenciosos dos bosques, sentindo a brisa suave a refrescar-lhe o corpo perispiritual, já aparentando menos idade e mais vigor. Muitas vezes pensava nos irmãos que havia deixado nas aldeias onde passou seus últimos anos. Povo sofrido, necessidades infindáveis. Como estariam vivendo, e quem os auxiliaria agora que ele não mais poderia fazê-lo?

Tinha consciência de que ninguém é insubstituível, e certamente os mentores do trabalho encaminhariam alguém para ajudá-los. Mas nem por isso deixava de se preocupar.

Outra coisa que não lhe saía do pensamento, era a ausência de lembrança de vidas passadas e até mesmo de sua passagem por aquele plano antes de encarnar pela última vez.

Muitas perguntas surgiam em sua mente, e ficavam sem resposta. Tinha certeza de que, no tempo certo, tudo lhe seria explicado. Mas começava a ficar impaciente diante da falta de atividade. Assim, chamou a mãe, e logo sentiu-se envolvido pela suave presença, que registrava seus pensamentos à distância:

— Antônio querido, que se passa? Por que a impaciência? Não está feliz em poder desfrutar a paz e o conforto do descanso?

— Perdoe-me, mãe, — respondeu ele — mas não posso mais viver nessa ociosidade. Sinto-me muito bem, tenho refletido bastante, só não consigo lembrar o passado. Mas já posso fazer algo útil. Sei que há tanta dor, não posso ficar aqui descansando... sem necessidade. Fragmentos de lembranças passam pelo meu pensamento a todo instante e luto contra elas, pois são acompanhadas de ideias que não quero fixar. Mas elas me invadem. Penso ser por causa da ociosidade.

Parou, refletindo na sua necessidade, e continuou:

— Por favor, mãe, arranje-me algo para fazer ou enlouquecerei. Sara não sai de minha cabeça e por mais que me esforce, não consigo senti-la como irmã. Amo-a como mulher. Queria que ela fosse a mãe dos meus filhos. Sufoquei-me no trabalho para não pensar, mas agora, parece que regredi. Os pensamentos me assaltam o tempo todo. Ajude-me, por favor!

— Acalme-se, filho! Não se perturbe com isso. O espírito jamais regride. Para tudo há uma explicação. O passado volta a sua memória lentamente e traz à tona o grande amor que os envolveu e continua a existir. Impossível detê-lo. Mas não se preocupe, sua prova já terminou, e você se saiu muito bem. Renunciando, e melhor ainda, entregando-se aos irmãos necessitados, encontrou a alegria verdadeira. Agindo assim, canalizou para as ações benéficas as energias que lhe poderiam desviá-lo para coisas perniciosas. Trabalhou no serviço edificante, que hoje lhe faculta a compreensão, e o acolhimento neste espaço protegido de espíritos infelizes e agressivos, que poderiam perturbar sua recuperação. O esclarecimento necessário logo lhe chegará.

E com atitudes de instrutora, olhando um ponto do infinito, a entidade falou mais contrita:

— No passado, semeamos os espinhos colhidos na última existência. Isso ainda permanece obscuro em sua mente, mas se esforçar-se um pouco, poderá recordar lentamente, para que tudo se esclareça. Deseja fazê-lo agora?

— Sim — respondeu ele ansioso. — É o que mais quero. Mas isto me fará bem?

— Se não o fizesse, não teríamos a permissão de realizá-lo. Precisaremos da ajuda de alguém que é especializada nessa área, para que tudo aconteça de forma suave e natural. Mas ficarei ao seu lado, sei que se sentirá mais seguro. Não se incomode com o que for revelado, não há nada de que não saibamos e estamos todos imbuídos em ajudá-lo. Aqui não há lugar para vergonha, preconceito ou mentiras. Nosso trabalho é muito sério e pode confiar nos auxiliares como confia em mim.

Assim dizendo, fez um gesto de concentração e em seguida uma jovem veio ao encontro deles atendendo ao chamado imperceptível.

— Antônio, quero apresentar-lhe Cindi. É uma amiga que estagia em nossos meios, e cuida especificamente dessa parte de revisão. Sua aparência jovem foi conservada pelos méritos de sua última encarnação, mas seu espírito é milenar e guarda conhecimentos especiais desenvolvidos em nosso plano. Está totalmente capacitada a ajudá-lo neste processo que exige muita perícia.

— Olá, Cindi, é um prazer conhecê-la.

— Já nos conhecemos Antônio — responde a moça com graça. — Você não pode ainda recordar, mas um dia saberá. Concentre-se, e entregue-se tranquilamente. Não tema. Tudo estará sob controle e muito irá beneficiá-lo. Relaxe e solte-se. Deixe que seu pensamento busque a época que precisa recordar.

Assim dizendo, convidou-o a sentar-se à beira do rio que cortava aquele bosque, serpenteando graciosamente entre as elevações cobertas de verde. Em seguida proferiu uma prece e colocando a sua mão na fronte de Antônio, suplicou a Jesus que os escoltasse no trabalho a ser realizado.

O canto suave das águas que corriam entre as pedras, embalava-os em doces eflúvios, enquanto as primeiras imagens começaram a surgir na mente do filho de dona Adelaide.

Parecia estar sonhando, mas via-se em local completamente diferente. O ar era mais pesado. Caminhava rumo a um botequim usando roupas diferentes das que usava habitualmente. Tinha nas mãos um charuto aceso, do qual era dependente há muitos anos. E anéis fantasiosos lhe pesavam nos dedos, ornados por pedras coloridas e bem trabalhadas.

Calças largas e sujas enfiadas dentro de botas empoeiradas, davam-lhe ar de alguém importante que chegava de longa viagem.

Foi chegando devagar até a porta da taberna, que estava fechada, e olhou sorrateiramente para examinar se alguém o observava.

Não era hora de se encontrar frequentadores costumeiros. Trazia ligeira preocupação no olhar, não obstante estivesse ávido das emoções pecaminosas, que parecia certo de encontrar ali.

Depois de certificar-se de que ninguém registrava sua presença, forçou a porta que estava apenas encostada e entrou abruptamente, examinando a parte interna do estabelecimento.

Na certeza de estar sozinho, procurou Lorena.

Uma mulher estava sentada em frente ao toucador, escovando os longos cabelos. Sozinha no quarto, parecia absorta em pensamentos.

— Mas ela é Sara — pensava Antônio. — Um pouco mudada na forma física, mas tinha certeza que era ela.

Ao vê-lo, a mulher bonita de seus vinte e cinco anos mais ou menos, correu ao seu encontro atirando-se em seus braços, beijou-o com sofreguidão. Era evidente que uma paixão descontrolada os envolvia, notando-se que precisava ser mantida em segredo.

— Não aguentava mais sua ausência — dizia Lorena — pensei que fosse enlouquecer.

— Eu bem que teria vindo antes, não fosse ele. Até parece que desconfia de alguma coisa. De uns tempos para cá não sai mais com a mesma frequência. Não sei até quando poderei conviver com essa situação. Precisamos dar um jeito nisso. Só não resolvi ainda por sua causa.

— Calma, meu querido! Você bem sabe quanto desejo também ficar ao seu lado. Sou infeliz ao lado dele, não representa nada para mim. Mas não posso partir com você para viver uma vida de privações. Já que vamos fazer algo que não é certo, façamos de modo que possa nos beneficiar totalmente.

— Isto está me dando nos nervos. Por que não resolvemos tudo logo? — dizia ele, afoito.

— Calma, meu amor, não podemos nos precipitar. Dê-me mais alguns dias. Preciso descobrir onde ele guardou aqueles documentos. Só depois agiremos — falou ela com um sorriso malicioso nos lábios. E passando a mão pelos cabelos dele pediu: — Tenha mais um pouquinho de paciência, logo estaremos juntos definitivamente e com o dinheiro para recomeçar nossas vidas.

Ele pensou, pensou e acabou por concordar. Foi-se embora, mas não conseguiu esperar tanto.

Na semana seguinte, depois de rondar muitas vezes a taberna aproveitando-se da ausência do proprietário, abordou novamente a amada.

— Já trouxe o combustível suficiente — dizia ele evidenciando a cumplicidade no plano macabro. — Esta cidade é muito pequena. Precisamos agir. Com ou sem documentos vamos realizar o intento. Eu sou um forasteiro, desperto muita curiosidade. Sinto-me vigiado constantemente, por isso, temos que nos apressar.

Em sua tela mental projetada na lembrança de Antônio, passavam-se cenas do crime que planejavam cometer, onde ele participava com certo prazer.

Naquele momento, por causa da grande emoção negativa que o assenhoreava, Antônio, desconcentrou-se. Como se acordasse de um pesadelo, num salto, foi amparado pela criatura espiritual que o ajudava no processo de recordação.

— Oh! Senhor, — dizia ele com as mãos segurando firme a cabeça — então isso é mesmo verdade? Estas cenas apareciam em minha memória inúmeras vezes, sem que eu pudesse desvendá-las. Temia que fossem verdadeiras, pela impressão terrível que me deixavam! Agora sei o que acontecia. Era minha consciência pesada, trazendo a lembrança dolorosa para meu consciente, embora, para meu próprio bem, não pudesse completar a recordação.

— Acalme-se, Antônio, — dizia Cindi, a criatura angelical. Passando os dedos entre seus cabelos desarranjados, com imensa ternura, confortava-o. — Tudo isso passou e você conseguiu resgatar seus débitos. Na sua última existência, perdeu as criaturas que mais amava. Foi uma das provas que sua consciência, pesada pelos erros do passado, lhe impôs. Reencarnou junto a Sara, numa família que tinha por plano uma vivência curta. Não obstante ficar sem a família, doou seu amor aos que lhe serviram de companhia na vida sofrida que abraçara. Tudo isso já terminou. É apenas recordação que deve ser devidamente arquivada, para que possa continuar sua trajetória. Não perturbe seu ambiente íntimo para não termos que interromper o trabalho iniciado. Acomode-se novamente e relaxe para continuarmos.

Ela falava com tanta segurança e bondade que Antônio, depois de passar o olhar pela mãe como a pedir-lhe ajuda, tomou-lhe as mãos. Sentindo-se protegido e compreendido, obedeceu.

Acomodou-se novamente fechando os olhos e continuou...

Lembranças longínquas tomavam forma real, e aparecia novamente a imagem de Lorena arquitetando, com ele, o plano macabro.

— Na semana seguinte — dizia ela — Miguel deverá viajar para cuidar dos negócios. É a oportunidade que precisamos. Nosso plano não pode falhar. Tudo deve ser preparado durante sua ausência, e executado assim que retornar.

E assim, no dia combinado...

Aproveitaram as primeiras horas da manhã, quando não havia mais testemunhas, para preparar o infeliz acontecimento.

Retiraram do local os objetos de maior valor, que seriam salvos e deixaram tudo detalhadamente preparado. O combustível foi espalhado estrategicamente de modo que, assim que Miguel entrasse, a taberna se incendiasse em segundos, sem chance para que escapasse.

Não queriam outras mortes, porém se fosse necessário, não hesitariam em incluir mais alguém para livrá-los de qualquer acusação. Depois, então, ela entraria com a parte artística do plano. Fingiria a dor da perda do esposo e dos bens no incêndio, para, em seguida, partir desconsolada para uma cidade distante onde moravam seus pais.

Assim, naquela tarde, quando Miguel voltava da viagem de negócios e entrava no local de trabalho, como era rotineiro acontecer, foi dominado por golpe certeiro, aplicado por Antero, nome de Antônio na ocasião. E em seguida, mergulhado no incêndio que acabou com tudo o que havia lá, não deixando pistas que pudesse acusar os verdadeiros criminosos. O assassino fugiu sem ser visto.

Parecia o ponto final de uma história injusta, onde os culpados acabavam impunes. O fato caiu no esquecimento e Lorena partiu para outra localidade, sem maiores problemas. Levava consigo boa soma em dinheiro conseguida com a venda dos outros bens que pertenciam ao esposo falecido. O desejo de liberdade para juntar-se ao homem que lhe despertara aquela paixão avassaladora, capaz de cometer abusos para ficarem juntos, não lhe deixava perceber a dívida enorme. Mais tarde lhe custaria muitas dores e pesaria em sua consciência até que conseguisse resgatá-la, mas naquele momento não sentia remorso algum.

Meses depois, os dois amantes se encontravam a caminho do porto de uma cidade portuguesa, buscando embarcar rumo ao Brasil.

Era o começo do império e as terras brasileiras estavam recheadas de ouro e pedras preciosas por todos os cantos. Os rumores das descobertas ecoavam aos ouvidos gananciosos, fazendo-os inquietos com a possibilidade de tomá-lo também para si.

Antero fazia parte desses homens ambiciosos, e seus planos estavam traçados há muito tempo. Só não o fez antes porque lhe faltava o dinheiro para financiar a viagem e a compra dos equipamentos necessários. Sua paixão por Lorena era tão grande que não partiria sem ela. Por isso arquitetara o crime que os abasteceria com o dinheiro e a liberdade para recomeçar vida nova.

Já podia sentir o gosto da riqueza aliada a prazeres incontáveis. Em sua mente doentia, julgava-se digno da felicidade que almejava, e não lhe pesava nos ombros o crime praticado.

Tudo ocorrera como planejaram. O incêndio ceifou a vida de Miguel, apagando em suas chamas todas as pistas que pudessem acusar os verdadeiros culpados do crime. Desconheciam a sobrevivência do espírito depois da morte do corpo físico, e não tinham elevação moral para modificar seus planos, livrando-se da ideia menos feliz.

Felicidade, para eles, se constituía da riqueza e prazeres que pudessem conquistar aqui e agora.

Estavam agradecidos pela mãozinha do destino, que fizera sair tudo a contento. E nem queriam pensar nos compromissos pesados que assumiam com a atitude leviana. Sim, porque no íntimo de cada um, há sempre um lampejo de luz condenando atitudes contrárias às Leis Divinas.

15

Lapidações do Amor

Navios partiam de Portugal rumo à terra nova muitas vezes por ano. E Antero já havia se informado como conseguir lugar numa daquelas embarcações.

Em poucos dias embarcaram rumo à nova vida. O coração palpitante, mal podia esperar que a embarcação atracasse. Afinal, estariam seguros de qualquer acusação e bem próximos da concretização dos sonhos mais ousados.

O dinheiro fraudado foi suficiente para iniciarem a exploração de ouro no Brasil. Compraram equipamentos, escravos, e começaram o negócio lucrativo.

Construíram um império que lhes trouxe conforto, luxo e outros comprometimentos além dos que já possuíam. Usaram e abusaram da força e do poder que o ouro acarreta.

Escravizaram criaturas inocentes, como os índios, que dificilmente conseguiam adaptar-se à escravidão, vindo na maioria das vezes a cometer suicídio em cativeiro.

Antero tornou-se um homem prepotente, de coração endurecido, que só ouvia o tilintar do ouro e não respeitava mais ninguém. Criara suas próprias leis dentro da pequena comunidade que construiu a seu serviço. Mas dentro do coração endurecido havia a centelha de amor que, apesar de ainda embrutecida, vibrava por Lorena.

Dois anos depois, talvez por mérito do amor verdadeiro, a bondade divina confiou-lhes uma criança aos cuidados paternais.

Uma companheira de antigas vivências, necessitada de aprendizado na experiência corpórea. Deveria, com sua fragilidade, amolecer aqueles corações endurecidos pela cobiça e orgulho, despertando-lhes sentimentos mais nobres.

Os colaboradores daquela reencarnação tudo faziam para preparar o ambiente conturbado em que viviam, até que nasceu Nancy. Doente, lutando pela vida, requisitando cuidados redobrados. Uniram-se com dedicação total em torno daquele ser que lhes exigia tanta atenção. O amor que sentiam por ela impulsionou-os a buscar recursos em muitos segmentos para tratá-la.

Sem esperanças quanto à medicina tradicional, procuraram curandeiros, religiosos. Mas foi na figura de um índio, escravizado pelos pais dela, que conseguiram sucesso.

Manuseando plantas e raízes, ele cuidou de Nancy até que seu mal regredisse e ela se curasse. Algumas semanas foram suficientes para que ela reagisse e começasse a dar sinal de melhora.

Mas nem assim foram despertados espiritualmente.

Tão logo perceberam que, a partir dali ela se recuperaria sozinha, atiraram o velho nativo ao trabalho forçado das minas e esqueceram-no completamente.

A filha crescia e se tornava uma bela moça. Atraía atenções de pretendentes, não só pela beleza física como pelos modos delicados. Enquanto seu coração vibrava por alguém desprovido de fortuna e de nome importante na sociedade que valorizava tradições.

Os pais sonhavam, através dela, consolidar os bens da família, buscando um casamento que lhes pudesse aumentar o patrimônio, e não o dividir.

Desrespeitada em seus sentimentos mais nobres, sofreu muito sob pressão para a obediência aos interesses sociais e financeiros dos pais. Não a conheciam intimamente e nem se importavam com seus anseios.

Desesperava-se a cada dia e preocupava a dama de companhia, que desde que nascera cuidava dela e parecia amá-la mais do que seus próprios pais. A serviçal aconselhava-a, pedia-lhe paciência e resignação diante da prova áspera que a vida lhe impunha, mas Nancy não encontrou forças suficientes para resistir à tentação e decidiu findar o sofrimento à sua maneira.

O pai havia indicado um noivo, cujo nome e posses eram respeitados na sociedade em que viviam. O casamento fora marcado para muito breve, pretendendo assim desviá-la daquela paixão preocupante.

O amor de Antero e Lorena permanecia como antes, mas a fidelidade entre ambos, não existia mais. A rotina e o cansaço, resultado das noitadas acompanhadas de bebidas, fumo e excessos de toda natureza, provocava-lhes a inquietação.

Antero era um homem prepotente, e sua palavra era lei e ordem em seus domínios, que incluíam a esposa e a filha, tratadas como se fossem propriedades dele.

Julgava-se no direito de ter aventuras com outras mulheres, e os escândalos constantes fizeram com que Lorena se cansasse.

Ela era uma mulher muito atraente, e apesar de sua idade madura havia muitos homens dispostos a enfrentar problemas em troca de seus carinhos.

Vinha lutando entre a dor das humilhações que ele lhe impunha e o assédio dos homens que frequentavam as mesmas festas e jogos das quais participavam. Com o passar do tempo, revoltada com o rumo que as coisas tomavam, sentindo-se desprezada pelas traições constantes do marido, entregou-se aos desvarios, pensando assim compensar a vida de sofrimento e discórdias.

Com o passar dos anos, nem mesmo o amor pela filha conseguiu mantê-la digna dentro do lar.

Amava Antero, mas estava com seu orgulho ferido. Traída por ele e, sem elevação moral para compreender a fraqueza do esposo, vingava-se fazendo o mesmo. Primeiro foi um caso, cujo amante parecia apaixonado, cobrindo-a de carinhos e atenções, que ela pensou poder corresponder. Entediou-se tão rápido e arranjou outro, para apagar a frustração anterior. Criou ao redor de si, um perigoso círculo de aventuras pecaminosas, pelo qual poderia perecer se o marido descobrisse.

Era Antero que ela queria desesperadamente, mas sabia que ele jamais a perdoaria quando soubesse.

O arrependimento pelos últimos atos deixou-a doente da alma. Quanto mais pensava mais chegava à conclusão de que não mais o teria. Passou a ter dores de cabeça constantes e quase enlouquecia quando entrava em crise. Afastou-se das festas e ficava trancada no quarto vários dias, sem sair sequer para ver a luz do dia.

No ambiente íntimo, espíritos menos felizes, sintonizados com ela pelos pensamentos desregrados e invigilantes, projetavam imagens e vultos que a aterrorizavam. Nestas horas lembrava-se de Miguel, o marido que ajudara matar para usurpar-lhe o dinheiro. Parecia ver seu rosto contorcendo-se em dores, e as mãos queimadas dele vinham em sua direção, acusando-a e fazendo-a gritar desesperada. Os criados persignavam-se assustados e ninguém podia ajudá-la.

Passou a viver somente dentro de casa, e começou a frequentar religiões que mudava com frequência, esperando que alguma lhe ensinasse a apagar os deslizes que havia cometido. Mas de nada adiantou. Era necessário que se entregasse a uma mudança íntima, a qual não estava disposta a fazer.

Um dos seus amantes resolveu aproveitar-se da situação, quando a percebeu enfraquecida. Insistia em encontrá-la para reviver os momentos que passaram juntos e ela se esquivava. Sentindo-se abandonado, ele começou a ameaçá-la. Passou a exigir dinheiro para não revelar publicamente seu caso com ela.

Nas primeiras vezes ela o satisfez, mas depois ele passou a maiores exigências, deixando-a em situação de desespero.

Isto já estava acontecendo há algum tempo, e foi nesse clima que Nancy não pôde encontrar apoio para resolver seus problemas. Os pais tinham uma vida desregrada, entregues a prazeres e compromissos sociais nos quais se entretinham cada vez mais. A filha passara da infância à juventude, abandonada aos cuidados das mulheres que seu pai escravizava para servi-la.

Tinha vindo àquele lar por necessidades anteriores, tinha tendências a desertar, como já o fizera antes. Não foi forte o bastante para lutar e vencer as dificuldades.

Quando percebeu que seus sonhos estavam irremediavelmente desfeitos, e que definitivamente estava fadada a casar-se com o homem que não amava, não pôde mais conter o impulso infeliz.

Com lâmina muito afiada, cortou os pulsos e caiu em seguida, esvaindo-se em sangue até que a vida física se apagasse. Continuou, em espírito, a sofrer as mesmas agruras que lhe pesavam sobre o ser, somando-se às implicações do crime cometido.

Neste momento, Antônio desconcentrou-se e levantou bruscamente.

Cindi ficou aguardando que ele se pronunciasse, sabia que tudo era muito triste, precisava concluir o trabalho. Somente quando ele se colocasse a par de tudo poderia avaliar sua última passagem pela Terra.

— Nancy... — murmurou ele — era ela, sim tenho certeza. Nancy apareceu em minha vida na última existência. Sim, sabia que já conhecia aquele rostinho tão querido. Diga-me, irmã Cindi, não é a mesma? Ela usou o mesmo nome duas vezes, não foi?

— Sim, Antônio. Seu amor por ela o fazia recordar, ainda que palidamente o passado. Mas ela já voltou outras vezes na esfera terrena, sem que vocês se encontrassem. Resgatou várias dívidas que se acumulavam em sua consciência. Mas o mal ocasionado pelo suicídio só pôde refazer com sua ajuda. Por isso seu sangue era deficiente. Desperdiçou-o anteriormente. Por isso a leucemia ceifava sua vida tão cedo.

— E agora, como ela está?

— Muito bem, muito bem. Recupera-se, está praticamente curada. Não precisa mais sofrer o incômodo que a acompanhou há tanto tempo. Seu corpo perispiritual já se recompôs e sua vida daqui para a frente será saudável. Dores físicas e espirituais em ambientes insanos foram as próximas páginas da trajetória de Nancy. Custaram-lhe muito mais sofrimento, do que teria se enfrentasse a situação naquela existência terrena — continuou narrando Cindi, independente da concentração de Antônio. — Com o perispírito lesado, só depois de muito tempo pôde ser socorrida em vários estágios do plano espiritual. Foram incalculáveis os esforços das falanges renovadoras para propiciar-lhe o equilíbrio novamente e prepará-la para nova reencarnação. Ela permaneceu em nosso plano para se fortalecer, visto que tinha tendências ao suicídio, por ser reincidente. Estagiou em muitos setores, trabalhou pelos necessitados e adquiriu condições imprescindíveis para, finalmente, mergulhar na Terra com segurança para vencer as dificuldades. Escolhemos para ela o lar de Sara, na figura de neta. Já trazia bom entendimento espiritual, adquirido com o trabalho edificante, mas precisava ainda passar pela prova física, que lhe devolveria a paz de consciência, e reconstruiria a estrutura perispirítica, ainda lesada pelo último suicídio.

"Seu corpinho seria frágil e o sangue seria deficiente, obrigando-a a lutar pela vida, como antes não o fizera - continuava a entidade espiritual explicando.

— Mas nossas equipes de socorro estavam a postos. Acompanhávamos seu trabalho em meio à floresta, cuidando dedicadamente dos necessitados com apoio de entidades espirituais familiares. Sabíamos que poderíamos contar com sua valiosa ajuda para resgatá-la de vez. Ela pediu para que fosse colocada no mesmo lar, onde, desta vez, teria condições de despertar em todos o amor que não conseguira anteriormente. Sara, que no passado falhara como mãe, dar-lhe-ia o carinho de avó. Pelo amor e conhecimento adquiridos em várias existências e fortalecidos na última, poderia, a menina, receber o suporte para o tratamento que se fizesse necessário.

"Você, Antônio, mais evangelizado e espiritualizado através do estudo, da dedicação e da mediunidade, poderia doar-lhe o que negligenciara no passado. Amor, compreensão, orientação e a oportunidade de continuar vivendo. Em troca, Nancy faria tudo para extirpar de seu perispírito as máculas criadas pela rebeldia anterior. Se conseguisse realizar essa tarefa estaria, não só recuperada de suas dívidas, como, ajudaria os dois seres amados a eliminar parte do peso do passado. Amaro, que antes foi Miguel, nada tinha com essa dívida, mas acolheu-a amorosamente pelos laços de amor que tivera por ela em outra existência, na qual induzira também ao suicídio. Nossos mensageiros especiais inspiraram o funcionário de Amaro a indicar as aptidões de Antônio como "curandeiro," levando aquele a transportar o algoz do passado para o seio da família, na esperança de salvar a neta. Por isso ele se sentia desconfortável com a presença do religioso em sua casa. Os fragmentos de lembranças do passado eram suficientes para que não o aceitasse com simpatia.

"Você, Antônio, – explicava Cindi – tinha o compromisso de auxiliá-la. Desenvolveu-se, pelo livre-arbítrio, na especialidade de cura, como intermediário dos benfeitores espirituais, que o acompanharam por simpatia à mesma causa. Em conjunto, puderam preparar Nancy para receber o tratamento, ainda em pesquisas, precário, pelas condições limitadas da medicina da época, mas suficientes para o caso dela. Como vê, meu irmão, a vida só tem sentido quando lhe aproveitamos as lições, proporcionamos momentos de felicidade e quando não agimos com rebeldia contra os desígnios divinos.

"As doenças são imperfeições que nem sempre precisam permanecer. São provas a serem vencidas e resgates, quando sofremos com o padecimento de entes queridos. Mas o amor pode curar as enfermidades mais difíceis, e tanto mais quando nos dispomos a servir."

Ele olhou novamente para a mãe que acompanhava tudo, atenta, e seu olhar de bondade inspirava-lhe muita confiança. Nem precisou que Cindi pedisse. Deitou-se como antes, fechou os olhos e concentrou toda a atenção no trabalho.

A instrutora ainda falou mais um pouco até que ele entrasse em sintonia perfeita com os fatos:

– Veja, Antônio, embora sentindo muito a morte da filha naquela existência, nem a dor o desviou do erro persistente. Passados alguns meses, já procurava as aventuras, e de forma mais desenfreada do que antes. Amava Lorena, mas não conseguia mais se entender com ela. Na frustração, entregava-se aos prazeres mundanos em troca de dinheiro ou favores escusos.

Então, já sintonizado, Antônio via novamente as cenas que se descortinavam em sua mente.

— Fui covarde, cruel e egoísta! Por isso Lorena fez o que fez. Como foi difícil ficar sem ela!

— Todo egoísmo traz em si a covardia, a crueldade e muitas outras inferioridades. Vocês queriam ser felizes sobre um crime hediondo praticado covardemente contra alguém com quem ela havia se comprometido. Ela só o deixou, porque viu que você descobriria seus desatinos. Juntou seus pertences, uma boa quantidade em dinheiro, que já vinha guardando há algum tempo, e partiu deixando uma carta onde confessava seus erros, pedia-lhe perdão e dizia que o amava apesar de tudo. Só ela podia saber a dor que guardava na alma que já experimentava o efeito dos erros que cometera. Num transporte previamente contatado, ela fugiu para o porto e com a ajuda de um suposto amigo, que também a extorquiu, embarcou de volta a Portugal, e de lá deveria ir para a Itália. Não tinha alternativa. Precisava fugir para longe, sabia que se você a apanhasse, acabaria com ela, porque não era alguém capaz de perdoar. Mas sua embarcação não conseguiu chegar ao destino. Foi vítima de um naufrágio onde pereceram quase todos os passageiros e tripulantes incluindo Lorena.

"Antero era um espírito embrutecido, cultivando sentimentos pobres em relação à fraternidade, mas a mulher que escolhera para esposa, foi realmente um amor verdadeiro que se instalara em seu coração. Pena não ter pensado nisso antes de cometer os erros que o fez perdê-la. Sofreu mais com a partida dela do que com a morte de sua filha Nancy.

"Tentou refazer-se do golpe que insistia em derrubá-lo, mas era mais forte que ele. Desesperado designou pessoas de sua confiança para descobrir onde ela estava e trazê-la de volta de qualquer jeito. Mas descobriu que o navio no qual viajava naufragou e ela estava morta. Entregou-se ao desânimo. Abandonou tudo que havia construído dementado pela dor que o afligia. Desencarnou após algum tempo vivendo como mendigo, vitimado por uma pneumonia decorrente das privações que passou em seus últimos dias.

"Lorena e Antero voltaram algumas vezes à grande escola terrena, antes da última vivência, mas em turnos diferentes, privados de se encontrarem, o que já era, para os dois, grande expiação. Realizaram tarefas rudes. Enfrentaram dificuldades, adquirindo largo aprendizado em longas existências, moldando os espíritos na forja do sofrimento, com a docilidade e a firmeza nos bons propósitos.

"Agora já estavam aptos a enfrentar o encontro, mas sem permissão para viverem juntos. Precisavam ainda aprender a sublimar o sexo, o qual praticaram sem responsabilidade acarretando grandes débitos. Para ajudá-los a vencer, o Pai Supremo, por Sua misericórdia, permitiu que nascessem sob o mesmo teto como irmãos de sangue, o que facilitaria o resultado feliz sem grandes renúncias.

"Miguel, por sua vez revoltado, os perseguiu durante muito tempo. Tornara-se vítima daquela trama por demérito em suas ações anteriores, mas seu espírito arredio relutava em perdoar. Queria vingar-se dos dois. Amou Lorena e foi traído por ela. Não conseguia perdoá-la. Em sua mente haveria de persegui-la até o fim.

"Com ódio e revolta no coração atraiu para perto de si, outros espíritos infelizes, mais experientes em praticar vingança, os quais lhe ensinavam coisas terríveis, usando-o também para suas desditas. Quando resolveu se libertar e agir por sua conta, já era tarde. Havia se tornado presa deles também e obrigado a continuar obedecendo e servindo-os ainda por longo tempo.

"Ao fim de sua expiação nas mãos dos inimigos adquiridos, foi resgatado pelos grupos que cuidam da reencarnação, e reconduzido a nova existência como oportunidade bendita de reabilitação na grande escola terrena. Ainda assim, conservava o mesmo propósito. Pouco lhe conseguiu adiantar o sofrimento. Numa existência de menosprezo aos ensinamentos recebidos dos seus instrutores que tudo fizeram por prepará-lo, regressou à pátria espiritual mais uma vez mergulhado em grandes tormentos.

"Precisou estagiar longo tempo nas escolas do plano astral até que pudesse compreender um pouco mais sobre perdão e amor fraterno.

"Já sensivelmente modificado em seus propósitos de vingança, retornou e tomou Sara por esposa. Havia solicitado a mediunidade, para poder trabalhar em prol do esclarecimento aos irmãos mais desorientados. Porém, chegada a hora do testemunho, negou-se diante das primeiras dificuldades. Essa decisão, infeliz e contraditória ao seu plano reencarnatório, deixava sua faculdade mediúnica desprotegida de vigilância com a prática no bem. Assim registrava ideias alheias, tanto boas quanto maléficas. Sem adquirir conhecimento dos seus mecanismos, e da necessidade de vigilância para bem direcionar sua conduta, ficava vulnerável a alguns espíritos que odiavam Sara e o intuíam a maltratá-la.

"Graças à dedicação dela à família e o esforço feito para poder estudar e praticar a doutrina espírita, desde jovem junto aos pais, e depois às escondidas para não irritar ainda mais o esposo que a rejeitava, conseguiu neutralizar o efeito das agressões até dirimi-las por completo. Cuidando dele até o final de sua existência ela resgatou a dívida do passado com aquela alma que precisava diluir o ódio no bálsamo do amor. Ainda que não o tenha amado como esposo, amou-o como irmão e assim o envolveu até seus últimos lampejos de vida no corpo. Tal foi sua dedicação que ele desencarnou abençoando-a.

"Ela ainda terá alguns anos para continuar sua experiência e depois, retornará ao nosso convívio, se mantiver o padrão moral que tem demonstrado até agora.

"A família que acolheu você, Antônio, e Sara como filhos biológicos, foi dada por mérito adquirido com esforços realizados, pelos dois, ainda no plano espiritual, antes da última reencarnação. Vocês conquistaram o amparo de um espírito de elevada força moral, que por amor os acolheu na condição de mãe. Depois, mesmo tendo retornado ao plano astral, ela rogou a Deus poder continuar orientando-os através da mediunidade, visto que você, apesar de alguns tropeços no início, a conduziu de forma satisfatória. Não fosse mais essa ajuda e teriam menos chances de escolher o caminho reto.

"Como vê, — continuou Cindi — você retornou vencedor. As maiores dívidas que lhe pesavam sobre os ombros, foram quitadas. Quando decidiu partir para cuidar dos necessitados, por sua própria vontade, teve o apoio e sustento de muitos espíritos que o amam. Do invisível, cercaram-no de força e coragem, para que decidisse o que lhe seria melhor. Ensinando irmãos desorientados a cultivar a fé raciocinada, inspirando-lhes paciência e bom ânimo e suportando as agruras da vida quase primitiva que levavam, possibilitou a recuperação de muitas das criaturas desarvoradas de outrora. Saindo das masmorras do rancor, consequentemente retomaram o progresso estacionado há muito tempo. Fugindo de Sara, quando descobriu que era seu irmão, instintivamente, ajudou-a a não sucumbir diante da forte atração que exerciam um para outro, pelo amor que há muito os une. Ao decidir atender ao pedido de Amaro, que lhe pedia ajuda para a neta, cumpria mais uma etapa da prova que lhe cabia resgatar. Pela bondade de seu coração foi intuído a tomar a decisão certa, mesmo sem saber de quem se tratava."

Cindi fez breve pausa para dar a Antônio a oportunidade de refletir sobre as revelações feitas e depois continuou:

— Nasceu na Itália, porque ali estavam encarnados os espíritos que lhe eram ligados por laços afetivos bem definidos. Também porque estes tinham provas que lhe serviriam perfeitamente à concretização dos planos, os quais, você mesmo ajudou a elaborar, atendendo às necessidades desta última existência. Precisou imigrar para as terras brasileiras, porque ali deveria resgatar seus débitos mais pesados. Foi ali que os criara no passado. Viveu na pobreza, lavrando com suor o chão que lhe dera a fortuna ilicitamente, à custa de sofrimento alheio. Socorreu, no trabalho edificante, as criaturas que habitavam a pátria, para a qual imigrara na vida anterior somente para lhe explorar os tesouros, dando pouca, ou nenhuma importância aos nativos. Seu retorno intuitivo ao convívio com aquelas criaturas simples, proporcionou-lhes o retorno à fé e a possibilidade de continuar a caminhada, livres das doenças que ainda traziam no corpo e na alma. A ajuda dos irmãos espirituais que o aconselhavam, através da mediunidade, foi permitida por acréscimo da bondade divina, guiando e fortalecendo suas decisões sem interferir em seu livre-arbítrio.

Assumindo tom mais grave, a benfeitora espiritual respirou profundamente aquele ar puro e perfumado da natureza e ponderou:

– Houve um tempo em que duvidou dessa bênção e consorciou-se com criaturas equivocadas, que sedentas de poder e honrarias terrenas deturpavam um ambiente onde deveriam aproveitar as oportunidades de crescimento e enriquecimento moral, trabalhando pelos muitos que ali compareciam em busca de ajuda e conforto para suas dores. Mas você só caiu no embuste por buscar facilidades e benefícios materiais sem o menor esforço. A experiência foi traumática, mas não em vão. Serviu-lhe de aprendizado, fortalecendo as decisões posteriores. Conhecendo-se o mal, fica mais fácil decidir pelo bem. Felizmente você optou por ouvir nossos apelos e trilhar novamente o caminho certo.

"As pessoas que lhe cercaram a existência, como

dona Cândida, dona Arlete, senhor Lourenço, o casal dona Ângela e senhor Justino, e outros irmãos que o auxiliaram no hospital da floresta, são amigos. Uns de existências anteriores, outros, companheiros de trabalho do plano espiritual quando aqui estagiou. Todos os trabalhos são sempre realizados em equipe, e isso nos propicia ampliar o quadro de amizades e afetividades."

Agora levantando-se, Cindi estendeu a mão para Antônio e encerrou dizendo:

– Agora pode descansar o quanto julgar necessário e sugiro refletir sobre tudo que já consegue recordar. Dona Cândida é responsável, aqui, por um trabalho semelhante ao que faziam na Terra. Se for de seu agrado auxiliá-la ela terá o maior prazer em prepará-lo, já que há grande afetividade entre vocês e conhecimento básico de sua parte.

– Cindi - disse Antônio - só mais uma pergunta: - Como Sara se salvou daquela tragédia? Como foi parar na estrada onde dona Arlete e o senhor Lourenço a encontraram? Isso ainda é uma incógnita para mim.

– Seu pai a salvou Antônio. Quando o senhor Francisco viu que precisava ajudar aquelas pessoas, ficou orientando a todos para onde deveriam seguir. Viu que dona Adelaide estava com as meninas, mas faltava Jussara. Ele a orientou para que continuasse em frente pelo caminho onde ele havia indicado. Tranquilizou-a dizendo que iria procurar pela mais nova juntando-se a Antônio e logo depois as encontraria. Ela partiu imediatamente seguindo as ordens do esposo, enquanto ele foi até o celeiro que ficava do outro lado do grande terreiro, onde imaginou que Jussara pudesse estar, pois gostava de ir lá quando conseguia fugir dos cuidados deles. Tinha visto algumas crianças rumarem para lá antes do primeiro estrondo. Foi difícil para ele chegar até lá sem ser atropelado pelos animais que corriam de um lado para outro. Lá fora ainda ouviu o choro da menina que tentava sair da baia onde ficara trancada junto ao pônei. O ferrolho ficava do lado de fora travando-se ao bater à porta. Não sabia como ela havia entrado ali, mas ficou feliz em encontrá-la sã e salva.

"Pegou-a no colo e, voltando procurou por alguém que pudesse levá-la para a esposa, pois precisava ainda buscar Antônio e auxiliar quem mais estivesse dentro da casa. Mas viu fogo se espalhando sobre o capim arrastado no caminho bem próximo à casa, pela correria dos animais. Com a pequena claridade das chamas identificou pelas vestes a esposa caída em meio à lama e muitos pedaços de coisas quebradas. Ela estava sobre as meninas como se tentasse protegê-las. Aproximando-se da cena viu que não havia mais vida ali. Caindo de joelhos junto delas, gritou desesperado, sacudindo seus corpos como se pudesse reanimá-los, mas percebeu que era o fim. Enquanto entregava-se ao terror diante do que seus olhos vislumbravam, percebeu que Jussara lhe registrara o desespero e começava a chorar também, chamando pela mãe. Ainda atordoado, segurando Jussara pelo braço em meio à correria e gritaria da menina que presenciava a cena sem nada entender, levantou-se rapidamente, recompondo-se, para buscar Antônio e evitar que o mesmo visse aquela cena também.

"O conjunto de luz das tochas já estava longe, e a menina chorava descontroladamente. Tomou-a nos braços acalmando-a e rumou para o interior da casa. Chamou pelo filho e não mais o encontrou. Julgou que ele tivesse partido com os outros, e saiu com a menina para encontrar-se com eles, mas uma pedra das muitas que caíam, acertou-o e ele caiu sem sentidos fraturando uma perna. Jussara na queda, foi atirada ao longe, felizmente numa moita de arbustos evitando maiores ferimentos. O senhor Francisco voltou a si, em seguida e procurou pela menina, que chorava sem saber para onde ir. Apesar dos ferimentos conseguiu arrastar-se levantando com o apoio de um pedaço de madeira e tomando Jussara nos braços se dirigiu para o celeiro. O pônei permanecia dentro da baia, como se nada estivesse acontecendo. Sabendo-se impossibilitado de caminhar ao encontro dos que fugiam ao longe, senhor Francisco pensou só em salvar a menina. Então lhe veio uma ideia inspirada pelo alto.

"Viu a cadeirinha que pertencia às meninas, a qual já havia sido usada anteriormente para levá-las a passear no pônei. Selou o animal prendendo o objeto firmemente sobre suas costas, e colocou Jussara sobre ele, amarrando-a de modo a ficar bem presa e firme. Ela gostou da ideia pensando que ia passear e comportou-se muito bem. Ele tocou o animal estimulando-o a fazer o que estava acostumado. Havia sido treinado no percurso contínuo das fazendas até a cidade mais próxima, pois havia pertencido a um viajante que vinha frequentemente visitar moradores das redondezas, trazendo mercadorias para vender.

— Como ele não estava assustado diante da situação na qual não restara um só animal no celeiro? — perguntou Antônio.

- Ele era surdo - respondeu Cindi explicando. - Não ouvia absolutamente nada. E como permanecesse na baia, comendo tranquilo, onde a porta sempre estava fechada, ficou quieto até que o senhor Francisco o retirasse de lá, dando ordens que ele obedeceu prontamente. Lembra-se de quando o compraram daquele viajante? - perguntou.

- Sim - responde Antônio buscando na memória. - Ele estava doente. Tinha febre alta e mal podia caminhar. O homem queria sacrificá-lo, mas meu pai o comprou para poupá-lo. Cuidamos dele com muito carinho. Recuperou-se quase totalmente. Um pouco debilitado, não podia executar serviços pesados e tinha dificuldades em obedecer as ordens que lhe dávamos. Mas nos fins de semana, quando estávamos de folga dos afazeres, devidamente selado, ele nos divertia, levando-nos para passear. Era muito dócil. Agora posso compreender porque ele não obedecia prontamente aos nossos comandos de voz. Não nos ouvia. E essa sua deficiência fez com que salvasse a vida de Jussara. Mas, o que aconteceu ao meu pai?

— Ele ficou observando o animal se afastar até não conseguir mais vê-lo, orando para que Jussara chegasse a algum lugar onde pudesse ser resgatada, e depois arrastou-se até onde estavam a esposa e as filhas, já sem vida, deitando-se sobre elas como se quisesse aproveitar aquele último abraço. Quando o calor da lava o envolveu, ele juntou-se aos demais que ali pereceram e seguiram adormecidos para o plano espiritual onde foram devidamente socorridos.

Antônio tinha muito o que pensar. Organizar as ideias diante das novas situações, as quais, embora arquivadas em sua memória, somente agora tornavam-se plenamente conscientes.

16

Retomada do serviço

Diante da realidade, da continuidade de sua existência em face à sobrevivência da alma após a morte do corpo físico, Antônio pôde examinar seus atos com uma visão bem mais ampliada. Sabia o que fizera e o que ainda estava por fazer. Tinha tempo para descansar quanto quisesse como informou Cindi, mas havia tanta coisa para ser trabalhada que não podia ficar de braços cruzados.

Decidiu procurar dona Cândida, para começar logo o treinamento do trabalho que poderia assumir. Tinha ainda muito que aprender, mas faria qualquer esforço para ser digno de realizá-lo.

Passou por treinamento e aprendizado e quando se sentiu capacitado, marcaram o dia para visitar o orbe terrestre a fim de auxiliar as criaturas, ali ainda presas ao corpo físico pela reencarnação.

O verde revestia a floresta que lhe havia fornecido os suprimentos medicinais para atender a tantos irmãos. Com sua vastíssima oferta de plantas medicinais aprendera a elaborar medicamentos valiosos, que aplicara nas criaturas adoecidas, em conjunto com os passes espirituais. Podia dizer que fora intimamente feliz ali. O trabalho lhe sustentara o espírito aflito pelas perdas, dando serenidade e satisfação compensadoras.

Chegou ao pequeno povoado, agora mais populoso que antes, quando Antônio o deixara. Avistou a choupana, um pouco melhorada, e notou que havia uma construção ao lado. Era um abrigo simples e pobre, mas conhecido das entidades organizadoras do trabalho, que se dirigiram diretamente para lá. Dois espíritos guardavam o local, onde várias camas se dispunham em filas. Todas estavam ocupadas. Uma epidemia de febre ceifava muitas vidas, e outras tantas, já medicadas, mas ainda muito doentes, gemiam em desalento.

Do lado de fora, criaturas infelizes guardavam certa distância, vigiando seus obsidiados. Retidos por forças fluídicas que isolavam os pacientes de qualquer influência perniciosa enquanto permanecessem ali internados, esses irmãos desorientados amontoavam-se criando um clima desagradável, aguardando qualquer oportunidade de acercarem-se de suas presas.

Antônio se deteve a observar os espíritos desalinhados com as Leis Divinas, e compadeceu-se deles. Desejou auxiliá-los, eram tão enfermos quanto os que padeciam no interior da construção. Mas não podia quebrar a disciplina, e certamente os infelizes não passavam despercebidos dos instrutores. Se nada haviam feito até aquele momento, o motivo deveria ser justo.

Assim pensando, entrou. O trabalho se fazia urgente. Todos se dispuseram com os recursos que traziam. Ele e seus companheiros tinham tarefas determinadas, que exigiam toda a concentração, para não desarmonizar o ambiente.

Durante muitas horas dedicou-se inteiramente ao serviço, aplicando todos os seus conhecimentos atuais e anteriores. Sentia-se feliz em aliviar dores físicas e espirituais.

Findos os recursos, atendidas as emergências, oraram agradecidos e retiraram-se voltando à colônia, onde agora era seu novo lar. Ali se reuniam para avaliar o desempenho e receber novas instruções.

Estas excursões tornaram-se rotineiras em sua nova fase de espírito liberto da carne, e ele as esperava com ansiedade. Desdobrava-se o quanto podia para ser digno daquele trabalho que lhe trazia satisfações inesgotáveis.

Tendo vivido lá, conhecia bem os problemas, mas agora, com a visão ampliada, o socorro podia ser muito mais eficiente. Contava com a assistência dos espíritos superiores que intervinham sempre que fosse necessário, e as criaturas encarnadas nem podiam avaliar devidamente o auxílio recebido. Passou ali muito tempo fortalecendo seus conhecimentos. Pensava em Sara muitas vezes e desejava revê-la, mas aguardava o momento propício, quando teria autorização para fazê-lo.

Não via sua mãe diariamente, como antes. Ela assumira outras tarefas distantes daqueles sítios onde ele se instalara, mas o visitava com certa frequência.

Numa dessas visitas, depois de trocarem informações valiosas e notícias de interesse mútuo, ela lhe apresentou nova proposta de trabalho.

Afirmava que lhe seria útil conhecer outros locais

de trabalho e novos tipos de atendimento, contatar outras equipes, atuando em áreas ainda inexploradas por ele. Tratava-se de uma extensão fixada em determinado hospital que atendia crianças vitimadas pelo câncer.

Este local já existia há algum tempo e realizavam lá um trabalho útil e gratificante. Servidores encarnados, irmãos de boa vontade dedicavam-se, incansavelmente, às crianças, mas a ajuda espiritual era também tão valiosa quanto imprescindível.

— O cansaço físico e a doação fluídica que aquela tarefa impõe aos trabalhadores do plano físico é desgastante - disse a mãe de Antônio. - Precisamos fortalecê-los e ampará-los, também, porque enfrentam problemas estruturais, políticos e muitos obsessores que não os deixam descansar. A oposição para edificar o trabalho quase conseguiu desmoronar seus planos. Só não conseguiram porque muitas preces nos chegaram rogando auxílio e pudemos, em nome de Jesus, levar nossos recursos, que os sustentaram no empreendimento. Tenho a certeza de que vai gostar muito do aprendizado, para o qual já estamos autorizados. Então, o que me diz?

Antônio não desejava deixar o compromisso anterior. Vacilou ante a nova proposta, mas diante da delicadeza da mãe, e da importância de conhecer novas atividades, consentiu. Estava consciente de que qualquer tipo de trabalho trar-lhe-ia benefícios incalculáveis. E antes de ficar fazendo a sua vontade, deveria sim, cumprir a vontade do Pai, que lhe ofertava as oportunidades de crescimento.

A genitora, percebendo que o apego do filho ao antigo trabalho se fortalecia, estimulou-o ainda mais a se afastar, ainda que temporariamente, mas deixou livre a oportunidade de voltar, caso não se adaptasse.

Na semana seguinte, conforme o combinado, ela veio buscá-lo.

Aportaram em terras italianas e Antônio reconheceu as montanhas que lhe ficaram gravadas em sua mente desde a infância. Uma mistura de saudade e dor quase o dominava, enquanto dirigiam-se para o local específico onde exerceriam a nova tarefa.

Pararam diante de um casarão antigo, reformado e adaptado para o serviço ao qual se destinava. À frente um pequeno jardim, cuidado com bom gosto, exibia rosas amarelas e brancas em fileiras, exalando perfume delicioso, como a saudar, reverentes, os espíritos que ali compareciam.

Entraram e Antônio, sempre seguindo a mãe, observava os aposentos que acomodavam crianças pálidas e tristes. Em cada uma havia sinais de dor, embora as criaturinhas lutassem muito para vencer o sofrimento.

Começaram por uma enfermaria, onde voluntárias se ocupavam em distrair as crianças que ali permaneciam em observação, necessitando de cuidados especiais após as medicações agressivas, necessárias ao tratamento.

As crianças precisavam se alimentar e lutar pela sobrevivência, mas faltava apetite e a fraqueza tomava conta do bom ânimo. Os traumas repetidos pelo tratamento doloroso, lhes marcavam a existência penosa.

— Precisaremos de ajuda, mãe, — reclamava Antônio preocupado. — Somos poucos, não seremos suficientes diante de tantos necessitados. São crianças tão frágeis. Pobrezinhas!

- São espíritos milenares, Antônio, que têm vasta folha de encarnações com progresso e desditas — respondeu ela —, mas peço-lhe que tenha paciência e perseverança. Por agora, faremos o que pudermos. Outras equipes estão a caminho e nos auxiliarão no serviço. Agora é urgente que nos desdobremos para o atendimento de todos.

Ciente do dever a cumprir, Antônio passou o dia todo doando-se incessantemente aos seres que ali minimizavam seus débitos em dolorosa expiação. A noite chegou e ele não sentia cansaço. Parecia renovar-se a cada momento. Imbuído em não deixar ninguém sem o recurso necessário, sentia-se a cada minuto, dotado de mais força. Espíritos superiores, mensageiros de Jesus, supriam-no de elementos fortalecedores e curadores que, misturando-se às doações de fluido vital, que somente os encarnados possuem, conseguia executar um trabalho excelente de auxílio ao próximo. Assim conseguia acalmar e diminuir os sofrimentos de muitos pacientes e seus familiares, embalando-os nos braços, enquanto aplicava os recursos necessários a cada caso.

O efeito foi compensador. Antônio observou pela primeira vez que a enfermaria estava silenciosa como não ficara desde que chegaram.

Sentindo a calma que pairava sobre o local, aproveitou para relaxar um pouco, buscando um cantinho silencioso para o descanso que precisava. Na sala anexa, a brisa suave entrava pela janela aberta. Ele acercou-se e ficou contemplando a beleza das estrelas que brilhavam na escuridão. Perdido em pensamentos, agradecia a Deus pela oportunidade de estar ali, trabalhando, aprendendo, crescendo. Executara aquele trabalho com muito amor e gratidão, mas sentia-se exausto.

De repente, ouviu passos na sala ao lado e viu quando uma mulher entrou de mansinho, olhou cada berço, cobriu um aqui, ajeitou outro lá, e instintivamente caminhou até a janela, como que chamada pelo frescor da brisa. Respirou profundamente olhando a magnitude do céu bordado de pontos azuis que cintilavam, e teve o mesmo pensamento de agradecimento a Deus pela bênção de estar ali depois de tantas lutas.

Antônio deteve-se a observá-la e foi indescritível a sua emoção.

– Sara! ... Sara! ... Oh! Meu Deus! ... O que está fazendo aqui? – perguntava-se sem esperar resposta.

Estavam lado a lado e a emoção os envolvia embora ela não conseguisse vê-lo.

Sara sentiu a presença dele e seus olhos encheram-se de lágrimas instantaneamente. As percepções foram aumentando e ela confusa, queria acreditar, mas lutava para não se deixar levar pela emoção. Desejara tanto senti-lo desde seu desenlace, mas jamais acontecera. Rogou notícias dele por intermédio de espíritos amigos que costumavam se comunicar na casa espírita onde trabalhava, mas nada obtivera.

Temia estar provocando aquelas sensações pelo desejo de senti-las, sem que fossem reais, e entrou em conflito consigo mesma, lutando pela verdade.

Antônio percebendo-lhe a dificuldade íntima, aproximou-se e derramou sobre ela fluidos calmantes, inspirando-lhe lembranças agradáveis do tempo em que passaram juntos, antes de saber que eram irmãos. Foram anos felizes e era muito bom recordá-los.

Sara assimilou-lhe os pensamentos transportando-se para a época, cujas recordações eram como verdadeiros tesouros do coração. Quanto amor estava contido naquelas cenas que passavam em suas lembranças!

Lágrimas de saudade encheram-lhe os olhos, rolando pelas faces envelhecidas pelos anos e pelo sofrimento que sempre a acompanhara.

Agora lembrava-se das desilusões sofridas. Quanta renúncia precisara fazer para cumprir os desígnios divinos!

Mas não se revoltava, pelo contrário. Valorizava tudo de bom que a vida lhe oferecera.

Tivera um marido que no começo de convivência fora muito bom. Depois transformara-se completamente, mas deu-lhe a oportunidade de aprender a dominar seus impulsos infelizes. E os filhos que lhe povoaram a existência! Adotaram duas crianças além das outras que tiveram, e conseguiram, em suas companhias, muitos momentos de felicidade. Era certo que alguns fizeram escolhas erradas e pagaram caro o mau uso da liberdade, fazendo-os também sofrer muito. Mas ela conhecia o mecanismo da lei de ação e reação, e tinha certeza de que eles teriam ajuda para recompor suas vidas e corrigir os erros cometidos.

Dois já estavam desencarnados. Onde estariam agora? Sentia saudade deles, mas compreendia que um dia poderia revê-los e, quem sabe, retomar-lhes a guarda, auxiliando-os depois, em nova existência.

Sara era uma mulher cheia de conflitos, mas tinha

bons hábitos e consciência tranquila no cumprimento do reto dever.

Sabia-se devedora do passado e sentia-lhe as cobranças tentando corromper sua integridade moral, mas lutava contra essas investidas.

O marido lhe proporcionara uma vida de conforto financeiro, mas no final experimentou a derrocada, arrastando a família às dificuldades. Restaram-lhes pouquíssimos recursos depois que ele adoeceu, perdendo, em seguida o emprego. Tiveram muitas despesas com o tratamento necessário e mesmo assim, desencarnou depois de algum tempo.

Ela cedeu os bens aos filhos que os venderam imediatamente, seguindo cada qual sua vida distante dela, como já o faziam há muito tempo. Somente a mãe de Nancy permaneceu por perto. E quando o pai morreu, Sara foi residir com ela, o esposo e a filha.

O genro de Sara possuía espírito aventureiro e não permanecia muito tempo em um só emprego, provocando mudanças constantes de uma cidade para outra.

Por algum tempo ela os acompanhou resignada, mas logo cansou-se e resolveu buscar outra alternativa, porque percebeu que estava atrapalhando a vida deles.

Integrou-se numa casa espírita, onde a maioria dos esforços eram concentrados em estruturar um hospital para crianças portadoras de câncer. Ela se comoveu com o projeto, principalmente porque já tinha passado por algo semelhante com a neta. Cinco anos tinham se passado e as técnicas, naquela área, tinham evoluído muito.

O hospital contava com o apoio de profissionais e alguns segmentos políticos, mas enfrentava a oposição de muitos. Apesar disso, executaram a obra, resultando naquele ambiente, onde agora vivia feliz, dedicando-se inteiramente àquelas crianças.

Embora abandonada pelos filhos que lhe restaram na Terra, sentia-se realizada e vivendo seus melhores momentos. Aquele lar transformara-se em sua nova morada. Observando a dedicação extremada, entregaram-lhe a direção dos trabalhos voluntários, que cresciam a cada dia.

Desfrutava da alegria de vê-lo funcionando bem e não perdia um só acontecimento, procurando resolver os problemas, que não eram poucos, à luz da razão e do amor.

Naquela noite tudo estava calmo. As crianças dormiam, e pela primeira vez ela sentia firmemente a presença de entidades espirituais de auxílio. Teria, agora, percepções mediúnicas expressivas, como tanto desejara e jamais conseguira ter?

Antônio, bem próximo a ela, acompanhava-lhe os pensamentos com o auxílio dos superiores que supervisionavam aquele encontro programado.

Proporcionando a ambos momentos de reflexão, preparavam também o ambiente íntimo de Sara para as tarefas que se seguiriam.

Então, Antônio, sintonizado com aqueles sentimentos amorosos, de agradecimento e amor pela causa abraçada, aproximou-se mais do ser tão querido, e desejou mostrar-se a ela. Estava disposto a fazê-lo, quando percebeu-lhe a irregularidade respiratória. Observou mais atentamente e viu que ela começava a empalidecer, exteriorizando-se em crise e colocando em perigo sua saúde.

Por um momento pensou ser o causador dos sintomas, pela aproximação. Afastou-se imediatamente, mas a crise continuou e ele percebeu que Sara precisava de ajuda urgente, que ele não tinha condição de prestar.

Aplicou-lhe passes, enquanto rogava ao Alto, o socorro para sua amada. Proferindo uma prece, viu sua mãe entrar na sala, irradiando uma luz que antes nunca observara. Tinha o semblante tranquilo, embora a situação fosse de aflição. Antônio olhou-a com censura, pela calma diante da emergência. Fez menção de falar, quando ela esboçou um sorriso de ternura, e suavemente falou:

– Acalme-se, filho, está tudo bem. Olhe ao redor, veja as criaturas que chegaram há algum tempo. Você estava tão concentrado nas lembranças de Sara, que nem as percebeu! São trabalhadores de nosso plano e vieram cuidar da passagem de Sara. Ela está prestes a desencarnar. Agradeçamos a Deus por Sara ter utilizado beneficamente seu tempo que ora se esgota. Uma insuficiência cardíaca paralisará suas atividades físicas, desligando o espírito em breve. Foi uma das razões porque o trouxe até aqui. Queria que você a recebesse nesse momento de perturbação natural para os espíritos. Preparamos pessoas capacitadas para substituí-la. O trabalho é importante e não pode parar. Queria que você soubesse do que ela se ocupou desde que você a viu pela última vez, e conhecesse o local onde trabalhou incansavelmente desde os primeiros projetos. Ela agora será entregue aos seus cuidados e assim que estiver pronta, poderá se reintegrar novamente. Conhecendo a afinidade de ambos, ciente de que já venceram a prova que os manteve separados, renunciando o grande amor em prol do cumprimento dos desígnios divinos, venho, com a permissão de Jesus, promover o reencontro feliz que fizeram por merecer. É claro que terão ainda muito a realizar em conjunto, mas agora sem o sentimento de culpa pelos erros do passado.

E com emoção pelo desfecho feliz, pediu:

— Cuide dela, filho querido! Você já tem capacidade e sei que deseja ajudá-la. Seja o primeiro a dar-lhe as boas-vindas, quando abrir os olhos do outro lado da vida. Faça por ela o que foi feito por você. Acompanharei o seu desempenho, mesmo de longe. Por ora não posso ausentar-me das tarefas que me competem, mas sei que em suas mãos, nossa querida Sara estará bem. Oriente-a. Terá algum tempo para dedicar-se inteiramente a ela e depois voltará ao nosso trabalho. Cindi a auxiliará também, como aconteceu com você. Depois, se ela quiser, poderá preparar-se para continuar o trabalho iniciado com amor na existência terrena. A todas as criaturas é dada a oportunidade de realizar suas experiências dolorosas com dignidade, sempre com o amparo de mãos misericordiosas dos emissários do divino mestre Jesus.

"Nossos amigos já estão presentes para iniciar o desligamento dos laços carnais. Auxilie-os com suas vibrações. Sempre que for possível nos encontraremos. Por ora, substituí-lo-ei nos cuidados aos pequeninos aqui internados. Aguardarei aqui por vocês, assim que se sentirem aptos para a retomada do trabalho. Que Deus nos abençoe a todos."

FIM

MARLI SIMÕES FABRIS nasceu em Ribeirão Preto (SP). É casada, mãe de dois filhos e avó de três netos.

Educada na igreja católica até os dezesseis anos, tornou-se espírita após a visão de uma cena expressiva durante o último mês de gestação de seu primeiro filho. A curiosidade em decifrá-la fez Marli descobrir a doutrina espírita, proporcionando-lhe reflexões profundas.

Ingressou no Centro Espírita Amor e Caridade de Ribeirão Preto onde, além de ampliar seus conhecimentos, educou também a mediunidade que já eclodia naturalmente. Passou a trabalhar com passes, atendimento fraterno e psicografia intuitiva de seus romances.

Hoje, aposentada, Marli também se dedica às palestras, monitora estudos, faz acolhimento fraterno e também é expositora da USE.

VOCÊ PRECISA CONHECER

A vingança do judeu

Vera Kryzhanovskaia • J. W. Rochester (espírito)
Romance mediúnico • 16x22,5 cm • 424pp.

O clássico romance de Rochester agora pela EME, com nova tradução, retrata em cativante história de amor e ódio, os terríveis fatos causados pelos preconceitos de raça, classe social e fortuna e mostra ao leitor a influência benéfica exercida pelo espiritismo sobre a sociedade.

Getúlio Vargas em dois mundos

Wanda A. Canutti • Eça de Queirós (espírito)
Romance mediúnico • 16x22,5 cm • 344pp.

Getúlio Vargas realmente suicidou-se? Como foi sua recepção no mundo espiritual? Qual o conteúdo da nova carta à nação, escrita após sua desencarnação? Saiba as respostas para estas e outras perguntas, agora em uma nova edição, com nova capa, novo formato e novo projeto gráfico.

Mensagem de Saúde Espiritual (bolso)

Wilson Garcia
Autoajuda • 10x14 cm • 124 pp.

Com mensagens que auxiliam na sustentação do nível vibratório elevado, este livro busca acalentar corações, levar paz e tranquilidade a qualquer pessoa, sã ou enferma, do corpo ou da alma, e fazer desabrochar a flor da solidariedade em muitos espíritos encarnados.

Não encontrando os livros da EME na livraria de sua preferência, solicite o endereço de nosso distribuidor mais próximo de você através de
Fones: (19) 3491-7000 / 3491-5449
(claro) 99317-2800 (vivo) 99983-2575
E-mail: vendas@editoraeme.com.br – Site: www.editoraeme.com.br